BBULMEDIA

http://www.bbulmedia.com

http://www.bbulmedia.com

점핑

차 례

1.
여자로 살기는 싫다고!

　병원의 화재 사고는 무리한 에어컨 가동으로 인한 전기 합선으로 발생했다는 발표가 있었다.

　그 사고로 많은 이들이 죽거나 다쳤는데 특히 피해가 컸던 곳은 3층이었다.

　이지원을 제외하곤 전원 사망.

　대부분이 혼수상태의 환자가 많았기에 피해는 클 수밖에 없었다.

　대형 병원의 화재였기에 많은 방송국이 취재를 했는데 내 이름과 이지원의 이름이 방송에 오르내리는 것이 싫었다.

　그래서 이지원은 이미 오래전에 다른 병동, 즉, 우동(右洞)으로 옮긴 것으로 해달라고 병원 측에 부탁을 했고, 병원은 기쁜 표정으로 내 요구를 들어주었다.

괜히 연예계 스타라는 나와 관련된 환자가 좌동에서 유일하게 살아났다는 기사가 나며 매체에 병원 이름이 오르내리는 것을 병원 측에서도 별로 달갑지 않은 상황이었을 것이다.

이지원은 화상 치료가 끝나자마자 필요 이상으로 큰 내 집으로 들어옴으로서 그녀의 문제는 해결이 되었다.

남은 것은 나와 윤승호의 일체화.

막연한 두려움이 있었다.

지안이 겁을 줘서 그런 점도 있지만 이젠 돌아가야 할 내 육체가 사라졌다는 점도 작용을 했다.

3일이 되기 하루 전, 이지원에게 가 있던 내 반쪽을 불러들였다.

그리고 일체화를 기다렸다.

드디어 내가 윤승호의 몸을 차지한 지 3일이 되던 날 일체화는 시작되었다.

두려움을 가졌던 것이 우습다고 할 정도로 너무나도 쉽게 나와 윤승호는 하나가 되었다.

내가 생각하기에 곽지안이 두려워했던 것은 자신의 육체를 잃어버리게 된다는 것을 느껴서일지도 몰랐다.

하지만 이미 돌아갈 곳이 없는 난 그러한 두려움은 없었고, 무사히 일체화를 마쳤다.

"몸은 좀 괜찮나?"

"그게 언제적 얘긴데."

"내일부터 천국의 신화 첫 미팅 있잖아. 그래서 물어보는 거야."

참, 일체화를 마친 후 며칠간 앓아누워야 했다.

그때는 '뭐 때문에 아프지?'라는 생각을 했지만 지금 생각해 보면 아팠던 이유를 짐작할 수 있었다.

바로 내가 가진 모든 기억이 윤승호에게 녹아드는 과정을 겪느라 그랬던 것이다.

"숙희 누나는?"

"응, 좀 바쁘다고 해서 연하가 왔어."

"그럼, 부탁 좀 할게, 형."

"오케이. 한데, 고등학교는 정해졌어?"

"응, 명하고."

"명하고등학교라면 꽤 명문이잖아?"

"그렇게 됐어."

이지원의 보호자를 자처한 것까진 좋았는데 집으로 데리고 오자마자 할 일이 많았다.

가장 먼저 학교를 다시 다닐지, 아님 검정고시를 봐야 할지 고민이었다.

그러다 아무래도 다른 이들의 눈치가 보여 학교를 보내기로 했다.

가까운 곳은 공립학교가 없어 어디로 보낼까 고민을 하고 있는데 김명숙 회장이 어떻게 알았는지 명하고로 입학시켜 주었다.

학교가 잘 해결되자 이번에는 앞으로 이지원에게 필요한 생활용품을 구해야 했다.

가구며 침대 같은 것은 내가 직접 주문을 할 수 있었지만 몇 가지 물건들은 차마 내가 나설 수 없었고, 이지원을 혼자 보내자니 양이 너무 많아 결국 동수 형에게 부탁을 한 것이다.

"지원이는?"

"내려오고 있어요."

나와 지원이를 같이 움직이는 건 갈수록 좋아졌다.

둘이 간단하게 몸 풀기 수련도 할 수 있을 정도.

"와! 지원이 몰라보게 예뻐졌다."

이 사람이 이제 18살짜리 애를 아래위로 훑다니 난 동수 형에게 한마디했다.

"눈 똑바로 안 뜨고 힐끔거리지?"

"……."

하지만 지원의 입에서 거친 말이 나온다.

생각을 둘로 나눠 움직일 때 여전히 잘 안 되는 부분도 있었는데 바로 이런 경우다.

동수 형은 멍한 얼굴로 입을 벌린 채 말이 없다.

"형이 이해해. 아직 치료가 완전히 된 건 아니니까."

"으, 응. 지원아, 미안해."

"아니에요."

"……;;"

젠장! 이번에는 내 입에서 말이 나왔다.

"네가 지원이구나? 어서 와."

12

"안녕……하세요."

"올해 열여덟이라고 했나? 편하게 언니라고 불러."

"……네."

말은 그런다고 했지만 잘 떨어지지 않는다.

나와 이지원을 분리해서 생각하려 했지만 쉽지 않다.

실제로는 서른 살의 남자이며, 스물여섯 살의 남자 배우이며, 수많은 남자들의 기억을 가진 사람이다.

물론, 여자들의 기억도 가지고는 있지만 정체성에 혼란이 생길 만큼은 아니었다.

우리가 향한 곳은 대형 아울렛(Outlet)이었다.

"필요한 게 뭐니?"

"지원이 옷 두 벌하고…… 흠! 속옷 몇 벌 제외하고는 아무것도 없다는데."

"그래? 화장품은?"

"없어……요."

"그럼, 서둘러야겠다. 가자!"

아울렛은 무진장 넓었고, 많은 업체들이 입점해 있었다.

그런데 그 업체들 중 여자 옷을 파는 곳이라면 반드시 들러 옷 몇 벌을 입어봐야 했다.

"대충 사……요."

"안 돼! 숙희 언니가 잘 골라주라고 신신당부를 했단 말이야."

"하지만 난 이 옷도 마음에 드는데……."

"너무 나이 들어 보이잖아. 너 애답지 않게 의외로 노숙하다. 호호!"

하긴 나이 어린 애들의 기억이라곤 클럽에서 만났던 주현아의 기억이 다였다.

'아! 그러고 보니 그 애도 명하여고에 다니는구나.'

주현아를 생각하자 그 애의 기억이 떠오르며 그녀가 다니는 학교가 생각난다.

"그런데 지원아."

"네?"

"너 걸음걸이 좀 고쳐야겠다."

웬 걸음걸이?

쇼핑을 하다가 갑자기 엉뚱한 소리를 하는 연하다.

"넌 어떨지 모르겠는데 내가 보기엔 걸음걸이가 남자 같아."

전혀 생각지 못했던 것이다.

나와 지원이 둘 중에 주(主)가 남자인 나이니 어쩌면 당연한 일이었다.

곽지안과 김명숙 회장이 어린 시절 교육받는 모습이 떠오른다.

"걸음은 가슴을 바로 펴고, 발을 위로 당기면서 일자로 걸어주면 돼요. 몸에 불필요한 힘이 들어가 있잖아요. 힘을 빼고 가볍게. 그렇죠! 앞발을 딛음과 동시에 뒷발은 땅을 박찬다고 생각하면 돼요."

"치마와 바지를 입었을 때, 혹은 하이힐과 운동화를 신었

점핑

을 때 각기 걷는 방법이 다르지만, 한 가지 공통적인 것이 있다면 힘을 빼고 가볍게 걸어야 한다는 것과 자신감 있고 당당하게 걷는 것이 중요해요."

걸음걸이 하나에도 참 다양한 방법이 있구나 싶다.
"이렇게 걸으면 어때요?"
난 교육받은 대로 걸어보지만 쉽지는 않다.
"응, 그 정도면 괜찮다. 그럼, 쇼핑을 계속해 볼까?"
"……네."
아무래도 이지원으로 살아가는 건 만만치 않아 보인다.
하루라도 빨리 지안이 이 몸을 차지하거나 영체가 돌아오기를 바라본다.
오전 10시가 조금 넘어 시작한 쇼핑은 아울렛 식당가에서 점심을 간단히 먹고 3시쯤 되어서야 옷에 대한 구매을 끝낼 수 있었다.
"이제 언더웨어랑 화장품하고 액세서리만 사면 되는 건가?"
"대충 사고 이제 그만 들어가자."
"오빠는~ 이왕 온 것 확실히 도와줘야지. 자, 갈까?"
동수 형이 내가 하고픈 말을 대신한다.
하지만 연하는 지치지도 않는지 내 손을 붙잡고 계속 '고고(GoGo)'를 외친다.
그나저나 점심에 먹은 패스트푸드가 잘못되었는지 배가 아파온다.

선도법이 만능은 아니지만 웬만한 병이 걸리지 않게 해주고 상처도 빨리 낫게 해주는 효능이 있었다.

지원이가 화상 치료가 예상보다 빨리 끝난 것도 꾸준한 선도법 때문이었다.

한데, 지금도 꾸준히 선도법을 행하고 있는데 이렇게 배가 아플 정도면 아무래도 단단히 탈이 났나 보다.

"지원아, 왜 그래?"

"점심이 잘못되었나 봐요. 배가 아프네요."

"너 설마?"

가까이 다가온 연하가 귓속말로 속삭인다.

"너 '그날'이 언제니?"

"네?"

크~ 이런 말까지 들을 줄이야.

하지만 말을 듣고 보니 뭔가 걸리는 것이 있다.

지원의 몸을 차지하고 단 한 번도 그런 일을 겪은 적이 없었다.

그때야 혼수상태에서 일어난 지 얼마 되지 않았기에 영양 상태가 좋지 않았지만 정신을 차린 후로는 꾸준한 운동과 식사를……!

아래로 뭔가가 쑥 빠져나오는 느낌.

백윤희의 몸으로 점핑했다가 느꼈던 그 기분과는 또 다른 묘한 느낌.

"지, 지원아, 빨리 화장실로! 오빠, 빨리 지원이 입을 속옷하고 그것 좀 사와!"

"으, 응!"

난 연하에게 끌려 화장실로 가면서 울상이 되었다.

여자로 살아가는 것이 결코 쉽지 않다는 것과 내가 이지원으로 살아가는 것에 대한 회의감이 밀려들고 있었다.

'나 여자로 살기는 싫다고~~~!'

◆　◆　◆

천국의 신화의 첫 대본 연습일.

본격적인 촬영에 앞서 얼굴을 익히자는 의미가 담긴 일종의 미팅이었다.

현재 제작사인 블루나이트는 천국의 신화를 20부작으로 계획했지만 드라마의 인기에 따라 16부작이 될 수도 24부작이 될 수도 있었다.

미팅 시간보다 1시간 일찍 도착했더니 사무실에 배우는 아직 아무도 도착하지 않았고 스태프로 보이는 이가 음료수와 대본을 길게 마련된 회의 책상에 놓고 있었다.

"안녕하세요."

"아, 예. 안녕하세요. 윤승호 씨 자리는 여깁니다."

"감사합니다. 아침 일찍부터 고생이 많으시네요."

"후후, 제 일인데요."

나이는 20대 후반쯤 되어 보이는 그는 나에게 의자를 권한 후에 다시 대본과 음료수를 놓는다.

"연출팀이세요?"

"예. 정식으로 인사드리죠. 연출팀에서 조연출을 맡게 된 문기완입니다."

"그러시군요. 앞으로 잘 부탁드립니다. 윤승호입니다."

"제가 잘 부탁드려야죠. 하하!"

문기완은 꽤 활달한 사람이었다.

내가 굳이 그에게 친근하게 할 필요는 없지만 언제 감독이 되어 드라마나 영화를 찍게 될지 모르는 일이었다.

친해져서 나쁠 건 없었다.

"안녕하세요, 선배님. 처음 봬요."

그와 얘기를 나누는데 아주 익숙한 얼굴이 들어오며 인사를 한다.

저 애 이름이 최미란이었던가?

"미란 씨 좋은 아침."

"어머! 제 이름도 아세요?"

톱스타 윤승호의 인사에 기분이 좋아졌는지 방긋 웃는다.

물론, 미란을 난 처음 본다.

하지만 신 사장의 기억 속에서 즐겨 보던(?) 아가씨 중에 한 명이었다.

간접경험에서는 요염하기 이를 데 없었는데 지금 보니 청순함으로 무장했다.

"같은 소속사라 프로필을 본 적이 있어서 기억나요."

"헤헤! 영광이네요. 선배님이 알아봐 주시니. 앞으로 잘 부탁드려요."

"저야말로."

"동생이라고 생각하고 말 편하게 하세요."

"응, 그래."

미란이 연예인이 되기 위해 무슨 일을 했든 나와는 관계 없는 일이다.

그녀에게는 그녀의 삶이 있는 법이다.

중·고등학생들의 장래 희망 1위가 연예인이다.

하지만 그들 중 소수만이 연예인이 될 수 있고, 연예인이 되어서도 힘든 삶을 살아가야 한다.

연예계는 눈에 보이는 것처럼 결코 밝고 화려하며 눈부신 곳이 아니었다.

어두운 이면이 더 깊이 존재하는 곳.

그녀는 그러한 연예계에서 살아남는 법 한 가지를 선택한 것뿐이었다.

최미란을 필두로 배우들이 하나둘씩 들어온다.

아직까지도 TV에서 보던 사람들을 본다는 것 신기한 일이었다.

그래서일까? 그들과 일일이 인사를 하는 기분도 꽤 좋았다.

"선생님 오셨어요?"

"선생님, 안녕하세요."

이귀자 선생님이 들어오자 일제히 일어나 인사를 한다.

"응, 모두들 좋은 아침. 승호는 일찍 왔네?"

"일찍은요."

물론 내가 좀 늦게 온다고 뭐라고 할 사람은 없었다.

아직까지 주연 여배우와 극 중에 적이 될 배우는 오지 않았다.

그 두 사람은 특히 소속사도 달랐고, 급이 있는 편이라 아마 시작할 때쯤에야 도착할 것이다.

"하필 대기업 사장 역을 맡게 돼서 큰일이다."

"왜요?"

"간만에 상류층 역할이라서 입을 옷이 마땅치 않아. 나 같은 사람에게 옷 협찬해 줄 곳도 없고……."

이귀자 선생님은 주로 푸근한 어머니 역할을 주로 맡던 분이었다.

그러다 보니 역할에 맞는 옷을 준비하려면 협찬을 받거나 직접 사는 수밖에 없었다.

협찬을 받으면 좋겠지만 이귀자 선생님은 평소 역할 때문에 힘들 것이다.

"이번에 제가 협찬받는 곳에 선생님이 입으실 옷 몇 벌도 같이 부탁해 뒀어요. 잘되면 동수 형 편으로 보낼게요."

"그래? 고맙다. 호호호!"

예전에 나에게 도움을 준 선생님이라 나도 도움이 되고 싶었다.

그래서 선생님이 이번에 맡게 될 때 이미지에 맞지 않는다는 말이 나왔지만 내가 천호준 감독께 괜찮을 거라고 한마디 거들었다.

"안녕하세요."

드디어 주연급 두 명이 도착했다.

그들도 나이 많은 선배들에게 인사한 후 나와 다른 배우들에게 인사를 한다.

둘은 청명이라는 소속사에 속해 있었다.

내 소속사의 신 사장과 청명의 구여길 사장은 꽤 돈독한 사이였다.

내 눈은 자연 여배우인 정세진에게 향했다.

그녀는 정말이지 과거와 다를 바 없이 청초한 모습 그대로였다.

정세진은 올해 서른으로 내가 고등학교 때부터 그녀의 광팬이었다.

이렇게 보게 되니 감개가 무량했다.

"자, 다들 모였으니 간단히 리딩(Reading)을 해볼까요?"

넋을 잃고 그녀를 바라보는데 천호준 감독이 들어와 대본 연습이 시작되었다.

"앞으로 어떻게 살아갈 생각이죠?"

"일단, 이번 일부터 해결을 해야겠지."

"해결하기 쉽지 않을 거예요. 그들은 이 나라에서 손꼽히는 기업인들이라고요."

"상관없어. 그들이 날 잡으려 한다면 뿌리치고 나아갈 것이고 막는다면 부셔 버릴 거야."

……

진행은 순조로웠다.

천호준 감독이 중간중간 몇 사람에게 고쳐야 할 점을 말하긴 했지만 첫날이라는 점 때문에 많은 말은 없었다.

정세진은 역시나 아역 배우 때부터 연기를 해온 이답게 훌륭했다.

"자, 오늘은 수고들 했습니다. 음식점을 잡아뒀으니 간단히 식사라도 하며 친목을 다져 보기로 하죠. 괜찮죠?"

"예!"

천호준 감독의 제안은 배우들 간에 어색함을 없애기 위해 으레 하는 일이었다.

하지만 언제나 바쁜 사람은 있게 마련, 정세신이 미안한 얼굴로 일어나더니 고개를 숙인다.

"전 스케줄이 있어 힘들 것 같아요. 대신 촬영 시작하는 날 제가 한 번 대접할게요."

"세진 씨가 빠진다니 서운한데……. 뭐, 오늘만 날이 아니니까."

"오늘 같은 날 스케줄 잡은 매니저 혼 좀 내주세요, 감독님. 그리고 선생님들 죄송해요."

"아냐, 바쁘면 좋지. 다음에 봐. 딸."

"호호! 네~ 엄마."

감독도, 선배 연기자들도 그녀가 간다는 말에 다들 웃는 얼굴로 흔쾌히 고개를 끄덕인다.

이귀자 선생님은 예전에 같이 연기를 했는지 농담을 던졌고 정세진은 마치 진짜 딸처럼 손을 흔들며 답한다.

"그럼, 세진 씨 빼고는 다 오케이지?"

"네!"

조용히 자리를 빠져나가는 정세진을 난 뒤쫓았다.

"선배님!"

"어머, 승호 씨. 할 말 있어요?"

마치 영화의 한 장면처럼 돌아서는 그녀.

복도에는 연예인들의 매니저들이 꽤 많았다. 하지만 내친 걸음이라 조심스럽게 말했다.

"저…… 사인(Sign) 좀. 선배님 팬입니다."

그녀와 같이 호흡을 맞춘다고 할 때부터 사인을 꼭 받을 생각이었다.

그래서 사인지와 펜(Pen)까지 미리 준비해 뒀다.

살짝 눈이 동그래졌다가 금방 환하게 웃으며 사인지를 받는다.

"호호호! 이거 영광인데요."

그녀는 사인과 함께 '승호 씨에게' 라는 간단한 멘트도 달아준다.

"감사합니다."

"뭘요. 저한테도 승호 씨 사인해 주실 거죠?"

"여기요. 혹시나 싶어서……."

난 이런 일을 예상하고 미리 해둔 사인지를 그녀에게 건넸다.

"호호호! 재밌는 분이네요."

정세진은 정말 재미있다는 표정으로 웃는다.

그 모습에 난 좀 더 편안해진 마음으로 말을 했다.

"다음 촬영장에서 뵐 때는 누나라고 불러도 되죠?"

"어머, 안 돼요."

"……."

"우린 극중에 연인 사이잖아요. 드라마 찍을 동안은 이름을 불러요. 대신 촬영이 끝나면 그땐 좋아요."

안 된다는 말에 일순 당황스러웠지만 뒷말을 듣고 보니 절로 고개가 끄덕여진다.

그리고 그녀가 천생 배우라는 생각이 들었다.

"그럼, 촬영장에서 봐요, 승호 씨."

"예, 세진 씨."

우리는 웃는 얼굴로 인사를 하고 헤어졌다.

떠나는 그녀의 뒷모습을 잠시 바라본다.

한 사람의 팬으로서 바라보는 그녀는 진정 '스타'였다.

그런 그녀와 연기라니…….

촬영 날이 빨리 왔으면 하는 바람이다.

◆　　◆　　◆

내 고등학교를 회상해 본다.

정말이지 평범하게 지낸 기간이었다.

적당히 친구들이 있었고, 적당한 성적에, 적당한 운동신경.

모든 게 평범한 나였다.

내 별명은 고스트(Ghost)였는데 그런 별명을 가진 이유가 맹장염 때문에 일주일 정도 학교를 결석한 다음부터였다.

거짓말 좀 보태서 어느 누구도 내가 학교에 안 나왔다는 사실조차 몰랐다.

그 정도로 존재감이 제로(Zero)였다.

그럼 평범하다고만 할 수는 없는 건가?

어쨌든 어차피 대학을 갈 수도, 갈 생각도 없었기에 후회 없는 고교 시절이었지만 다시 돌아가겠냐고 묻는다면 결단 코 'No!'라고 외쳤을 것이다.

하지만 지금 다시 고등학교 시절로 돌아가야 한다.

그것도 여자의 몸으로.

"왜! 교복이 치마냐고!"

"치마는 왜 이렇게 짧아?"

교복을 입으면서 연신 짜증스러운 말이 튀어나온다.

나와는 별개로 생각하겠다는 마음 따윈 사라진 지 오래였 고, 아울렛 사건 이후로는 이지원의 몸을 움직인다는 자체 가 곤욕이 되어 버렸다.

전신 거울로 비치는 이지원의 모습은 남자가 보기엔 무척 훌륭했다.

꽤나 예쁜 얼굴에 168의 키.

약간 말라 보이지만 선도술을 매일 하고 있기에 탄력이 있어 보이는 몸매.

하지만 내가 날 이지원으로 바라보는 기분은 가히 좋지 않다.

지금도 그렇다.

바지가 아니라 치마를 입고 있어서 그런지 하체가 마치

아무것도 입지 않은 듯 휑하기만 하다.

"후~ 선도법, 선도법."

선도법이 마치 주문이라도 되는 양 중얼거려 본다.

준비해 뒀던 가방을 메고 신발을 신었다.

이제는 출근, 아니, 등교를 해야 할 시간이다.

이번 고등학생의 삶은 '고스트2'가 목표다.

존재감 없는 아이가 되기 위해 최선을 다해야 한다.

"지원아, 학교 가니?"

"연하 언……니."

"네가 지원이구나, 반가워."

막 도착한 숙희 누나와 연하가 차창으로 알은 채를 한다.

윤승호도 일찍부터 스케줄이 있었기에 온 것이다.

"한데, 치마가 좀 짧지 않니?"

숙희 누나가 날 보곤 교복을 맞춰준 연하에게 묻는다.

"무슨 소리예요. 요즘 학생들 얼마나 줄여서 입는데요. 저 정도면 긴 편……에 속할 거라고요."

연하 너! 말이 좀 이상하다.

"언니는 괜한 말을 해서 지원이가 절 이상하게 보잖아요. 효진아, 저 정도면 적당한 거지?"

"으, 응. 요즘 애들이 워낙 짧게 입어서……. 그리고 지원이가 다리가 길어서 더 그렇게 보이는 걸 거야."

휴~ 내가 애들하고 무슨 얘기를 하겠냐?

"저 가요."

"그래 잘 갔다 와."

그들의 배웅을 받으면서 길을 나선다.

학교와의 거리는 걸어서 10분가량, 차를 타기도 애매한 거리라 그냥 걷기로 했다.

학교가 가까워질수록 학생들이 많아진다.

자연 남자애들보다 여자애들의 치마 길이로 눈이 간다.

무릎이 살짝 보이는 애들과 무릎에서 약 5~7Cm 정도의 약 반 뼘 정도가 가장 많은 것 같다.

'이놈의 계집애 무릎에서 한 뼘이 넘잖아!'

내가 입은 교복은 허벅지의 반은 아니지만 다른 애들보다 짧아 보였다.

그래도 다행인 것은 학교가 보이는 곳에 이르자 나 정도의 길이를 입은 여학생이 없지는 않다는 것이었다.

특히, 내 앞에 가는 3명의 치마 길이는 과연 독보적이었다.

아침부터 뭐가 그리 좋은지 연신 깔깔댄다.

그러다 갑자기 부산스러워진다.

"야! 학주(학생주임) 떴다."

"아이씨! 학기 첫날부터 왜 밖에 나와서 지랄이래?"

"야, 우리 봤다."

"X됐다."

"어이, 거기 골통 3인방 이리 와."

아주 유명한 애들인가 보다.

행여나 불똥이 튈까 조심스레 그들 옆으로 비켜나며 교문 귀퉁이로 들어가려 했다.

고스트의 기본 삶은 어느 누구나 나라는 존재에 대해 '인지'를 못하게 해야 한다.

"어이! 거기 숨어 들어가는 학생도 이리 와."

하지만 그건 과거의 나와 현재의 이지원의 스펙 차이를 모르고 한 행동이었다.

그때는 평범했지만 이지원은 평범과는 거리가 있는 애였다.

별수 없이 골통 3인방과 몇 명 아이들이 훈육을 듣고 있는 곳으로 갔다.

"주현아, 백미희, 김진아. 너희 때문에 머리가 다 아프다. 언제 철이 들래? 교복은 적당히 줄이면 됐지 물려받은 것처럼 이게 뭐니?"

컥! 학생주임의 말을 들으니 저들이 바로 내 팬이라는 그 3인방인가 보다.

'크~ 역시 안에서 새는 바가지 밖에서도 새는 건가?'

왠지 저들을 보면 웃음이 나올 것 같아 가급적 눈을 마주치지 않도록 노력했다.

"학생은 처음 보는 얼굴인데? 몇 학년 몇 반 누구지?"

"오늘 전학 온 학생입니다."

"그래? 그런데 전학 오는 학교에 첫날 등교하는 학생치고는 좀 애매한데?"

'선생님 말이 더 애매한데요?'

정작 하고픈 말은 안으로 삭이고 사근사근 물었다.

"어떤 점이 그런가요, 선생님?"

"치마 길이가……."

"교복을 새로 사서 잘못 빨았는지 생각보다 조금 줄었더라고요. 그리고 하필이면 요번 방학에 키가 4cm가 갑작스레 커서 더 작아 보이나 봐요."

"머리 색깔이……."

"학적부를 보시면 아시겠지만 제가 병원에 오랫동안 있어서 약을 많이 먹었더니 색이 약간 변했나 봐요."

"화장이……."

"만져 보세요. 피부를 위해 간단히 바른 것뿐이에요."

얼굴을 들이밀자 오히려 움찔하는 학생주임.

내가 말한 건 물론 다 거짓말이다.

연하가 쫓아다니며 머리부터 발끝까지 학교에 갈 때 하고 가야 할 일에 대해 말했었고 난 그대로 따라했다.

속으로는 연하를 욕하면서도 지금 이 순간을 잘 넘겨야 했기에 난 사기꾼의 기억을 되살리며 말했다.

"그, 그래서 애매한 거였구나. 들어가 보렴."

"감사합니다, 선생님."

난 최대한 예의 바르게 인사를 하고 교실로 향했다.

"고스트, 고스트."

난 등교 전에 생각했던 단어를 몇 번 중얼거려 본다.

하지만 아무래도 고등학교 생활도 평탄치 않을 것 같은 불행한 예감이 든다.

2.
천생 배우

첫 촬영일이 3일 앞으로 다가왔다.

스케줄을 제외하곤 집에서 연기 연습에 박차를 가하고 있다.

편당 내가 받은 돈은 5,000만 원.

일주일에 두 편이 방영되니 주당 1억의 돈을 버는 셈이다.

최정상급 연기자들이 받는 돈의 반밖에 되지 않고, 나가야 할 돈도 있지만 과거 일반인에 불과했던 내가 생각하기엔 너무나도 큰돈이었다.

톱스타의 탈을 쓰고 있지만 난 여전히 일반인을 벗어나지 않고 있기에 24시간, 하루 종일 노가다 씬(Scene)을 찍는다고 해도 황송할 따름이다.

"승호야, 큰일이다, 큰일!"

헐레벌떡 들어와서는 호들갑을 떠는 동수 형을 본다.

그의 얼굴을 보니 정말 꽤 급한 일처럼 보인다.

혹시, 연예계 활동 중인 연채에게 무슨 일이 있나 싶어 약간 걱정스레 물었다.

"무슨 일인데요?"

"그게, 정세진이 드라마를 포기한대."

"왜요?"

"글쎄, 특별한 이유는 없나 봐."

정세진이 드라마 그만둔다는 것은 제작사인 블루나이트에서는 곤란하겠지만 나에겐 큰일은 아니다.

다만 촬영이 뒤로 밀린다는 점과 팬 입장에서 약간의 아쉬움이 있을 뿐이었다.

"그때 봐서는 드라마에 꽤 관심을 보이던데 왜 그런 결정을 내린 거죠?"

"나야, 모르지. 소문은 많은데 정확한 얘기는 없었어."

"소문은 뭐라는데요?"

"소속사와 갈등이 생겼다는 둥 갑자기 지병이 악화되었다는 둥 스폰서의 아기를 가졌다는 둥 그런 거지."

아닌 땐 굴뚝에 연기가 나는 곳이 연예계다.

하지만 별 희한한 소문이 다 도는데 그런 소문 중 일부는 사실이라는 것이다.

얼마 전 나와 은진의 열애 소식이 한바탕 휩쓸고 지나갔다.

일본의 온천에서 같이 있는 모습이 누군가에 의해 찍힌 것인데 결국 은진이 TV에 나가서 '그냥 소속사의 친한 오빠'라고 말하고 나서야 끝이 났다.

이후에 은진의 전화를 받고 오빠 동생으로 지내자는 말에 아주 약간의 상처를 받긴 했지만 깊은 관계도 아니었기에 쿨하게 그렇게 하기로 했었다.

난 이미 외웠지만 습관적으로 들고 있던 너덜너덜해진 대본을 테이블에 던졌다.

정세진을 상대역으로 생각하고 연습했던 것이라 다시 상대 여배우가 구해지면 그녀에게 맞춰 연습을 해볼 생각이었다.

'무슨 일이 있는 거지?'

정세진이 왜 그런 결정을 내렸는지에 대해 약간의 궁금증이 드는 건 어쩔 수가 없었다.

지원의 입학과 관련한 일도 있고 해서 다시 김명숙 회장을 만났다.

물론, 둘이 자리를 했을 때는 누나라고 불렀다.

누님이라고 한번 불러봤는데 이건 사모님을 꼬시는 제비의 말투와 같이 느끼했기에 포기했다.

"요즘 좋은 일 있으신가 봐요? 얼굴이 아주 좋으세요."

"승호가 보기에도 그래? 웬일인지 요즘이 기운이 솟는 것 같아."

"하하하!"

마치 헬스를 하는 사람처럼 포즈를 취한다.

요즘도 밤이면 지원에게 있는 반쪽을 김명숙 회장에게 보내 선도법을 행했다.

그러면서 틈틈이 기억을 읽었는데 며칠 전 다시 검사를 받은 결과에 관한 것도 알게 되었다.

그녀의 암이 더 이상 번지지 않고 조금씩 호전되고 있다는 사실을 알았을 때 마음 한편으로 나 역시 기뻤다.

"한동안은 촬영 들어가니 바빠서 못 보겠네?"

"그렇긴 해요. 거의 밤샘 촬영이 될 가능성이 높거든요. 그런데 여배우가 그만두는 바람에 촬영이 지연될 거 같아요."

"정세진 씨 말이구나."

"어? 누나도 그 얘기 들었어요?"

"그럼, 내가 최고 투자자라고. 아마 그런 얘기는 내 귀에 가장 빨리 들어오게 되지. 난 어제 저녁에 들었어."

"그러시구나. 한데, 이유는 혹시 아세요?"

"음…… 아직 확실하지 않아서 말하기가 뭐하구나."

"저도 소속사와 갈등이라는 얘긴 들었어요."

"그것도 맞는 소린데…… 더 복잡해."

은근히 궁금해진다.

"말씀해 주세요, 궁금하잖아요."

"그게 말이지……. 섹스비디오가 있다는 소문이야."

"네?"

잠잠하다 싶으면 한 번씩 터져 나오는 연예인 비디오 사건.

나도 열심히 인터넷을 찾아 헤매던 기억이 난다.

하지만 나에겐 작은 호기심에 불과할지 모르지만 한 사람의 인생을, 아니, 그 가족들의 인생마저도 송두리째 파괴해 버린다는 점에선 정말이지 최악이었다.

"아직 소문일 뿐이니까. 모른 척하고 있어."

"그래야겠네요."

김명숙의 말에 대답은 했지만 이놈의 쓸데없는 정의감이 꿈틀댄다.

결코 그 비디오를 보고 싶은 것은 아니다.

그 정도야 바람둥이라 소문난 남자 연예인에게 점핑을 해 기억을 읽으면 마치 직접 경험하는 것처럼 볼 수 있다.

그냥 팬심(Pan心)에 의한 작은 선물이라고 생각해 본다.

우연도 이런 우연이 없다.

김명숙 회장과 헤어져 호텔에서 나오는데 눈에 몹시 낯익은 여자가 보였다.

막 차를 타는 여자였는데 바로 정세진이었다.

"형, 잠깐만."

"왜?"

"아니, 가요."

잠깐의 시간 동안 집에서 운동 중이던 지원에게서 정세진에게로 점핑을 시켰다.

지원은 학교에서는 야간자율학습을 권했지만 아직 몸이

다 낮지 않았다는 핑계로 일찍 하교를 해 운동을 꾸준히 하고 있었다.

"괜찮아?"

"⋯⋯예. 잠깐 생각 좀 할게요."

정세진 매니저의 물음에 간단히 답하고 눈을 감았다.

정세진의 기억을 읽어야 하는데 잠깐 망설이게 된다. 아무래도 요즘은 여자의 기억을 읽는 것이 마음에 걸린다.

'휴~ 이러다 장가도 못 가는 거 아닌지 모르겠다.'

문제를 해결하려면 어차피 읽어야 할 터.

가볍게 투덜대고는 기억을 읽기 시작했다.

접대, 스폰서, 연예인, 카메라, 사랑, 억울함, 분노, 비디오.

주루룩 들어오는 기억만 대충 봐도 느껴지는 게 있다.

난 정세진의 기억을 자세히 읽을 생각은 없었다.

해서 바로 그녀에게서 유체이탈을 한 후 정신세계에 들어가 방을 만들고 다시 이지원에게로 점핑을 한다.

기억은 차로 가면서 천천히 살펴볼 생각이다.

"오빠 있었네?"

"연채야, 어서 와. 늦은 시간에 웬일이니?"

"지원이라는 애는?"

"응, 자고 있을 거야."

정세진의 기억 읽고 생각에 빠져 있는데 연채가 찾아왔다.

"난 혹시 오빠가 엉뚱한 짓하고 있을까 봐 급습한 거야. 히히히!"

"엉뚱한 소리는."

"진짜야! 난 나보다 어린 올케는 볼 생각 없다는 것도 말해줄 겸 온 거라니까."

하여간 어지간히 막무가내다.

"걱정 마. 난 그 애 보호자일 뿐이야."

"그래도 걱정돼. 요즘 뉴스 보면 양아버지라는 사람들이 자기 딸을……."

더 듣고 있을 수가 없었다.

"너 혹시라도 어디 가서 그런 소리하지 마라. 오빠 바로 사회에서 매장당한다."

"그래서 하는 말이야."

연채는 어쩌면 과거의 윤승호에 대해 많은 것을 알고 있었는지도 모른다.

"네네, 알았으니까 그만 잔소리하세요."

"도대체 오빠 안심을 할 수가 없단 말이야."

"자고 가. 오빠가 내일 일찍 데려다 줄게."

난 은근슬쩍 말을 돌렸다.

이길 수 없는 애를 굳이 이기려고 할 이유는 없었다.

"아냐, 공연 끝나고 숙소에 들어가는 길에 잠깐 들른 거야."

"그럼, 밖에 팀원이 기다리고 있는 거야?"

"응. 너무 늦으면 안 되니까 가볼게."

뒤돌아 가는 모습을 보니 마음 한 켠이 짠해진다.

분명 이건 정세진의 기억을 읽어서 드는 생각이었다.

"연채야."

"왜?"

"힘들면 그만둬도 돼."

내 깔린 목소리에 눈을 동그랗게 뜨고는 잠시 바라보더니 피식 웃는다.

"이걸 왜 그만둬? 얼마나 재미있는 줄 알아? 참, 혹시 여자 필요하면 우리 멤버 중에 괜찮은 언니 있으니까 소개시켜 줄게. 나간다."

하여간 기집애 하곤.

밖으로 나가보니 졸래졸래 뛰어가 차를 타는 연채의 모습이 보인다.

그리곤 차에서 손을 흔들며 외친다.

"내 말 명심해! 난 싫다고 말했다."

'아주 동네방네 소문 다 내라.'

투덜대던 난 어느새 사라져 가는 차를 향해 손을 흔들고 있었다.

차가 완전히 사라지자 다시 거실로 돌아와 앉았다.

정세진은 어린 시절부터 배우 생활을 해왔었다.

하지만 성인이 되면서부터 현재 소속사 사장인 구여길 사장의 유혹을 받는다.

인기가 약간 떨어지던 그녀는 그의 유혹에 빠질 수밖에 없었다.

구여길은 그녀에게 많은 돈을 투자했고, 그녀는 다시 인기를 얻기 시작했다.

하지만 그 당시 정세진도 모르게 몰래 찍힌 비디오가 그녀의 발을 끝까지 붙잡게 될지는 꿈에도 생각을 하지 못했나 보다.

이번 드라마를 끝으로 10년간 터무니없는 계약에 묶여 있던 그녀는 소속사를 바꿀 생각이었다.

그리고 지금 그녀는 사귀고 있는 남자도 있는 상태.

가급적 불편한 과거로부터 벗어나길 바랐다.

그러나 소속사를 그만둔다는 얘기를 들은 구여길은 그 당시의 일을 들먹이며 정세진에게 어이없는 계약금으로 다시 재계약을 해야 한다며 협박을 했다.

이러지도 저러지도 못하는 상황의 그녀는 극단적인 행동을 하기 직전처럼 보였다.

빠르게 처리하지 않으면 조만간 아무래도 일을 치를 것 같다.

마음이 조금은 조급해진다.

◆　　◆　　◆

다음 날 밤, 난 정세진에게로 원거리 점핑을 했다.

"윽! 어지러워."

술을 얼마나 마시고 있었기에 몸과 일체화가 되는 순간 어지러워 나도 모르게 바닥을 짚는다.

"이거 기분이 묘한데."

술을 많이 먹은 사람에게 점핑을 해보기는 이번이 처음. 정신은 멀쩡한데 몸을 움직이기가 쉽지 않다.

타인의 몸으로 선도법 4단계를 행하려면 꽤 많은 심력이 소모가 됨으로 선도법 3단계를 행하며 술기운을 몰아낸다.

"이제야 정신이 좀 드는군."

10여 분 동안 줄기차게 주변의 기(氣)를 빨아들이자 술기운이 사라지는 것이 느껴진다.

이미 기억을 읽어 익숙한 집이었기에 냉장고로 기 음료수로 타는 목을 달랜다.

그나저나 기억의 읽을 때는 몰랐는데 직접 집을 보니 화려함과는 거리가 있어 보인다.

깔끔하다 못해 수수해 보인다고 할까?

그러나 집 구경을 하러 온 것이 아니었다.

정신도 차렸으니 이제부터 본격적으로 일을 시작해야 한다.

난 구여길 사장에게 전화를 걸었다.

─흐흐흐, 이 시간에 무슨 일이지?

누가 악당 아니랄까 봐 전화를 받자마자 음흉하게 웃으며 말한다.

"당장 봐야겠어요."

─이제야 마음이 바뀐 건가? 사무실에서 만날까? 흐흐흐!

변태 자식! 아무 상관없는 내가 소름이 돋을 지경이다.

"내 집으로 와요. 마음이 바뀔지 모르니 30분 안에 오세요."

—오~ 집으로 오라고. 날 어떻게 해볼 생각인가?

"겁나면 밖에서 만나죠. 집 앞에서 봐요."

—아냐, 아냐. 그냥 해본 소리야. 계약서를 가져가면 되는 건가? 아님 다른 것? ㅎㅎㅎㅎ!

이놈의 새끼가 사람 성질 테스트를 하는 거야 뭐야?

난 화를 억누르며 말했다.

"계약서 가져와요."

—알았어, 금방 가지. 기다리…….

딸깍!

더 이상 통화하다간 욕이 튀어나올 것 같았기에 끊어 버렸다.

그가 올 동안 난 할 일이 있었다.

정세진이 그토록 지우길 원했던 과거의 기억을 지워줄 생각이다.

정신세계에 들어간 난 그녀의 기억 중 나쁜 기억들을 지웠다.

그리고 최근에 협박받았다는 사실까지도 깔끔하게 지웠다.

내가 떠나면 그녀는 자신이 왜 술을 마셨는지조차도 기억을 못할 것이다.

기억을 지운 후, 아파트 베란다에서 밖을 쳐다보았다.

가능하다면 이곳에서 점핑을 할 생각이었다.

'저자다!'

주차장에 차를 대고 주변을 두리번거리며 들어오는 인물.

난 손가락 크기보다 작아 보이는 그의 홀을 느끼고자 했다.

의외로 쉽게 느껴진다. 그리고 내 반쪽을 그에게 점핑을 시켰다.

"허!"

난 구여길의 기억을 읽다가 어이없음에 바람 빠지는 소리를 낸다.

신 사장은 이 인간에 비하면 양반이었다.

연예인이 되겠다고 온 여자들을 성희롱하는 건 기본이고, 일단 계약을 하고 나면 수단과 방법을 가리지 않고 그녀들과 잠자리를 가지며 비디오를 찍었다.

또한, 그중에 말 잘 듣는 애들을 이용해 성상납은 물론, 아예 장사를 하고 있었다.

"개새끼!"

물론, 자기 자신이 그런 생활에 만족해 하는 이들도 있었지만 비디오에 발목이 잡혀 울며 겨자 먹기처럼 그런 일을 하는 이들도 많았다.

특히나 그들 중 한 명이 그런 전철을 밟다가 수치심에 못 이겨 자살한 경우까지 있었는데 그 기사를 보고 욕을 하는 모습을 보고 있자니 분노에 머리가 하얗게 변해간다.

원래는 정세진의 비디오를 없애고 기억만 지울 생각이다.

한데, 도무지 이대로 덮어둘 순 없었다.

일단, 구여길의 차에 다시 탔다.

원래 세운 계획이 변경되었으니 다시 짜야 한다.

원래 내 성격과 윤승호의 성격이었다면 그냥 뒤집어엎었 겠지만 난 아주 이성적으로 바뀌었는데 김명숙 회장의 기억 과 사기꾼, 신 사장 등 용의주도한 인물들의 기억이 공존하 고 있었기에 가능했다.

"구여길만 처리하기엔 미흡해."

관련자들을 그대로 두기에는 찜찜했다.

물론, 몽땅 처리하자니 하루 이틀 만에 끝날 일도 아니었 다.

"아냐, 일단은 피해자들을 어떻게 하느냐가 우선이야."

만일 성상납으로 인터넷이나 방송 매체에 폭로한다면 가 해자들 몇 명은 피해를 입게 되겠지만 피해자들이 오히려 더욱 큰 피해를 입게 될 가능성이 높았다.

'어쩐다?'

고민은 쉽사리 끝나지 않았다.

괜스레 일을 크게 벌이는 것이 아닌가 싶다가도 마음 한 편이 하려면 제대로 하라고 부추긴다.

"오냐! 한 번 끝까지 가보자."

대략적으로 일을 어떻게 풀어갈지 계획이 섰다.

난 차에서 나왔다. 그리고 정세진의 아파트 입구 쪽으로 간 후 벨을 눌렀다.

―사장님이 여긴 웬일이세요?

"할 말이 있어서 왔어."

―전 더 이상 할 말이 없어요.

"그냥 잠깐 얘기나 하자는 거야. 네가 원하는 대로 소속사를 옮겨도 좋으니 잠깐, 아주 잠깐이면 돼."

―그럼, 거기서 기다리세요.

혼자서 모노드라마 하는 것도 아닌데 이러는 것이 우습다.

하지만 나중에 두 사람의 기억에 붙여 넣어야 할 내용이었기에 한 치의 장난도 없는 연기였다.

또한 방금 연기한 내용은 정세진이 설치해 둔 인터폰 내장 메모리에 고스란히 저장되어 있을 것이다.

"여기서 말씀하세요."

문이 열렸고 엘리베이터 앞 CCTV가 잘 보이는 곳에서 다시 연기를 시작한다.

"여기서 무슨 얘기를 해? 차라도 한잔 줘야 하는 거 아냐?"

"어림없는 생각하지 말아요. 여기서 얘기하기 싫다고 하면 전 올라가겠어요."

"허어~ 이거 왜 이래? 우리가 어디 하루 이틀 만난 사이인가?"

"이거 왜 이래요! 놔요!"

난 강제로 정세진의 손을 잡고 엘리베이터에 올라탔다.

"자꾸 이러시면 경찰에 연락하겠어요."

"연락할 테면 해봐! 네년이 어떤 년인지 세상에 다 까발려 버릴 테니."

"무, 무슨 말이죠?"

"내가 네년의 비디오가 있다고 떠든다면 어떻게 될까? 세상 사람들은 사실 여부와는 상관없이 떠들 테고 너의 연기 인생도 그걸로 끝이라고. 알아들어?"

"그, 그런 말 같지 않은 소리를⋯⋯."

"말했잖아! 사실 여부와는 아무 상관없다고! 그러니까 내 말 들어!"

"까아악! 이러지 말아요!"

난 정세진을 강제 추행하는 연기를 한다.

하지만 이거 은근히 기분이 나쁘다.

마치 혼자서 몸을 더듬는 것 같은 끔찍한 느낌.

정세진의 엉덩이와 허리를 잡는데 잡는 손의 느낌과 잡히는 몸의 느낌이 동시에 드니 환장할 지경이다.

짝!

정세진의 손이 내 뺨을 정통으로 때린다. 연기임에도 순간 얼떨떨할 정도의 강타다.

그러고 보니 선도법을 계속 실행 중에 있었나 보다.

'아, 졸라 아프네.'

하지만 이게 끝이 아니다.

난 정세진을 향해 손을 날린다.

짝!

처절하게 쓰러지는 정세진.

마치 헤비급 세계 챔피언의 주먹에 맞은 듯이 엄청난 리

액션을 발휘한다.

하지만 상처는 남겠지만 아픈 건 정작 또 나다.

"이년이 미쳤나!"

난 다시 기분 더러운 연기에 몰입한다.

쓰러진 그녀의 위에 올라타고 옷을 찢는다.

"까아아!"

다시 정세진의 비명.

─거기 뭐하는 겁니까! 당장 그만두지 못하겠소!

마침내 연기의 끝을 알리는 경비원의 소리가 인터폰에서 들린다.

마치 감독의 '컷!' 하는 소리처럼 느껴진다.

난 재빨리 엘리베이터를 나와 달려오는 경비 아저씨를 밀어젖히고 구여길의 차로 달려가 차를 몰고 아파트를 벗어난다.

일단 정세진의 기억에 방금 전의 기억을 붙여 넣고 정신세계의 방에 '신고하자.' 라는 글을 잔뜩 도배한 후, 윤승호에게로 점핑을 했다.

구여길에게 있는 내 반쪽은 아직 할 일이 많았기에 차를 몰아 그의 별장으로 향했다.

경기도 포천에 있는 그의 거대한 별장은 한적하면서도 운치가 있는 곳에 위치해 있었다.

하지만 실상을 알고 보면 그가 성상납을 위해 지어 놓은 곳이었다.

그러다 보니 감시카메라가 곳곳에 있었고 관리하는 사람도 있었다.

"이 늦은 시간에 사장님이 웬일이십니까?"

"그냥 하루 쉴까 해서 왔네. 오늘 별장 위쪽으로는 얼씬도 말게."

"물론이죠. 그럼 편히 쉬십시오."

"그래."

철문이 열리자 난 차를 몰아 별장으로 들어갔다.

별장 관리인도 평소에는 들어가지 못하도록 철저하게 방비된 문을 따고 들어가 불을 켰다.

기억과 다를 바 없이 엄청난 거실과 여러 개의 방문들이 보인다.

지금은 텅 빈 곳이지만 마치 눈앞에 그들이 행하던 일이 그대로 펼쳐져 보인다.

'나쁜 새끼들!'

남자로서 아무것도 생각하지 않고 봤다면 부러울 만한 장면이었지만 이 일에 동원된 여자들이 어떤 식으로 흘러들어 왔는지를 생각하니 욱하는 마음이 다시 솟구친다.

많은 방들 중, 전자식 자물쇠가 달린 방문의 비밀번호를 넣고 들어갔다.

그리고 그 방의 카펫을 들추자 아래로 내려갈 수 있는 문이 보인다.

"하여간 이런 것들은 철저하게도 만들어둔다니까."

이 방에는 CCTV가 없었다.

그래서 혼자 투덜댄다고 해도 상관이 없었다.

문을 열자 다시 철문이 보인다.

이번엔 비밀번호, 지문 인식, 다이얼식 자물쇠까지 철저하기도 하다.

하지만 시간만 걸릴 뿐이다.

육중한 문까지 열고 아래로 내려가자 영화에서 보던 무기 창고처럼 생긴 곳이 나온다.

무기 대신 한쪽으로는 각종 비디오와 DVD가 빼곡히 꽂혀 있었고 다른 한쪽으로는 CCTV 화면이 펼쳐진다.

구여길도 바보는 아니었다.

자신이 팽(烹)당할 때를 생각해서 살길을 만들어 놓은 것이다.

저 비디오와 DVD 중에는 높으신 분들의 동영상(?)들도 꽤 많았다.

난 한쪽 벽에 있는 비디오와 DVD의 제복과 안에 있는 내용을 확인하며 눈에 띄는 박스에 차곡차곡 담았다.

그리고 밖으로 나와 드럼통처럼 생긴 화로에 불을 붙이고 하나씩 던져 넣었다.

성질 같아선 다 까발리고 싶지만 이것 말고도 그들을 엮으려면 얼마든지 엮을 수 있었기에 아낌없이 불에 넣었다.

"잘 탄다."

꽤 많은 양이어서 10번을 넘게 왔다 갔다 해야 했지만 마지막으로 옮길 때 쓰던 박스까지 넣고 나자 한결 마음이 편해진다.

물론, 파티 영상이 담긴 몇 장의 DVD는 고스란히 보관해 뒀다.

높으신 양반들의 얼굴이 자세히 보이지 않는 것들이었다.

구여길이 수사를 받게 되더라도 그들이 결코 힘을 쓸 수 없도록 하기 위해서였다.

난 현관문만 닫아둔 채 안으로 들어와 비밀의 방까지 활짝 열어둔 채로 TV를 보며 양주를 홀짝이기 시작했다.

"캬! 쓰다."

이번 일은 손이 많이 갔지만 남는 게 없었다.

뭔 사장이라는 인간이 숨겨둔 돈이 이다지도 없는지.

이유는 얼마 전에 선거가 끝나서라는 걸 잘 알고 있다. 이번 일로 꽤 많은 곳에서 보궐선거(대통령, 국회의원, 각 시군구 의원들이 각종 이유로 자격을 상실하여 다시 그 자리를 보충하기 위해 치르는 선거)가 이루어질지도 모르겠다.

이제는 기다리는 일만 남았다.

꽉 차 있던 벽에는 몇 권의 장부와 DVD, 향정신성의약품밖에 없었지만 구여길과 그들을 엮는 건 별문제 없어 보인다.

마음에 여유가 생겨서일까?

아까 맞은 뺨이 얼얼하다.

"정세진은 괜찮은지 모르겠네."

싸대기를 제대로 날렸으니 꽤 아플 것이다.

그나저나 그녀가 경찰에 신고를 했는지 궁금하다.

사실 정세진이 신고를 하지 않고 이번 일을 그냥 넘어가려 한다면 난 그녀의 일에서는 손을 뗄 생각을 하고 있었다.

물론, 구여길과 그 인간들에 대해서는 철저하게 처리를 해줄 테지만 그건 그녀를 보호하면서 하는 일은 아니었다.

자신이 벗어나려 하지 않는 이를 도와줄 생각은 눈곱만큼도 없었다.

◆　　◆　　◆

"이거 좀 드세요."

"……네, 감사합니다."

임 형사는 책상에 앉아 떨고 있는 그녀에게 따뜻한 차를 건네고 맞은편 의자에 앉았다.

신고를 할 건지 아님 그냥 넘어갈 건지 결정을 해야 뭔가를 말하지 계속 멍하니 앉아 있는 정세진을 보기에도 민망했다.

특히나 때린 놈이 소속사 사장인 모양인데 얼마나 세게 때렸는지 얼굴의 반이 퉁퉁 부어 있었다.

폭력 사건이라 바로 수사에 들어가도 되지만 이런 경우 대부분 웬만한 합의가 이루어지기 때문에 딱히 행동을 취하기도 무리가 있었다.

"어떻게 하시겠습니까?"

"네?"

정세진은 임 형사의 물음에 겨우 상념에서 벗어났다.

그녀의 입장에선 도대체 뭐가 뭔지 알 수 없는 상황이었다.

다짜고짜 자신의 소속사 사장이 찾아와 알 수 없는 말을 하며 폭력을 행사했고 범하려 들었다.

당연히 신고를 해야 하는데 구여길이 왜 그랬는지 막연히 알 것도 같다는 생각에서 아직까지 말을 하지 못하고 있었다.

"지금 상황이 좀 애매합니다. 원칙적으로는 저희가 바로 수사를 진행해야겠지만…… 정세진 씨가 원하지 않는다면……."

"하겠어요! 폭력뿐만 아니라 절 범하려 했던 것까지 같이요!"

그녀는 방금 전까지의 혼란함을 잊은 듯 임 형사에게 소리쳤다.

"알겠습니다. 그럼 그때 상황에 대해 자세히 말씀해 주시겠습니까?"

"그게 말이죠. 제가 집에서 혼자 간단히 술을 마시고 있었어요. 그런데……."

정세진은 자신이 겪은 일을 상세히 진술하기 시작했다.

"CCTV에 찍힌 것과 정확히 일치하는군요. 그럼, 바로 수사를 진행하겠습니다."

연예인들은 사건이 일어나면 덮으려고 하는 경우가 많았기에 임 형사는 다시 한 번 확인을 한다.

"예!"

"혹시, 배우 정세진 씨 아닌가요?"

"허 기자, 여긴 들어오면. 안 돼!"

"임 형사님, 잠시만요. 정세진 씨 맞으시죠?"

혹시나 기자들이 달려들까 취조실에서 그녀를 데려다 놓았는데 허 기자가 냄새를 맡은 모양이다.

"허 기자, 나가라니까."

일어나서 허 기자를 미는 임 형사의 팔에는 힘이 들어가 있지 않았다.

이미 밝혀진 상황이라 늦기도 했지만 기자들에게 밉보이면 자신이 손해였기 때문이다.

"어? 얼굴이 왜 그러세요? 혹시 폭력 사건?"

"형사님, 전 괜찮아요. 허 기자님이라고 하셨나요?"

"예!"

"폭력 사건 맞아요. 소속사 구여길 사장에게 맞은 겁니다."

배우 인생에 타격이 될 일이라 순간 피할 생각도 들었지만 여기서 더 피했다가는 끝 모를 벼랑이라는 생각이 갑자기 들었다.

'그래, 이 알 수 없는 두려움에서 벗어나자!'

정세진은 허 기자가 들이미는 카메라를 보며 자신이 상처를 입은 얼굴 부위가 잘 나오도록 돌렸다.

그리고 그녀의 표정은 어느새 비운의 여자주인공처럼 바뀐다.

정세진은 천생 배우였다.

3.
학교에서 생긴 일

서울 시내 중심가에 있는 한 건물. 날렵한 몸매의 한 사내가 웃통을 벗고 연신 손발을 놀리고 있다.

한여름은 지났다고 하지만 여전히 더위가 기승을 부리고 있는 이때 그 사내처럼 움직인다면 땀이 비 오듯 흘러내릴 텐데 어쩐 일인지 얼굴에 약간의 땀만 맺혀 있다.

"후~ 2단계의 끝이 보일 듯하면서도 여전히 힘들군. 쩝!"

사내의 이름은 나종석.

종석은 아쉬움에 입맛을 다시고는 수건을 들어 땀을 닦는다.

그리고 소파에 걸린 와이셔츠와 양복을 입고 인상을 부드럽게 만들기 위해 쓰고 있는 안경을 쓴다.

—똑똑! 사형, 저 용식입니다.

"들어와."

종석의 말에 들어오는 용식은 종석보다 머리 반 개는 커 보이고 덩치는 딱 두 배만 한 거구였다.

"수련 중이셨습니까?"

"그래."

"몇 번까지 가셨습니까?"

"스물다섯 번이 한계더라. 쩝."

"곧 3단계에 들어가시겠군요. 전 여전히 12번이 한계더라고요."

"아무리 정보대(情報隊)라고 하지만 틈틈이 수련 좀 해라."

"크~ 전 몸이 둔해서……."

"선도술이 기로 하는 수련이지 근력으로 하는 수련이냐?"

더 젊어 보이는 나종석이 백용식에게 하는 양을 옆에서 보면 좀 우습게 보인다.

하지만 이 둘은 어렸을 때부터 암천회에 들어와 동문수학한 사형제 간이었다.

특히 덩치에 비해 마음이 여렸던 백용식이 수련이 힘들어 울 때 나종석이 항상 그를 다독여 줬었다.

그래서 둘의 사이가 사형제 간 중에서 제일 좋았는데 나종석이 정보대로 발령을 받자 백용식도 같이 지원을 한 것이다.

"새로 들어온 내용입니다."

한참을 정담(情談)을 나누던 백용식은 들고 있던 두툼한 서류철을 종석에게 넘긴다.

서류철을 받아 든 종석은 아까의 웃는 얼굴은 사라지고 손에 든 서류를 조용히 확인한다.

사악~ 사악~

조용한 사무실은 종이 넘어가는 소리만 들린다.

"구여길 사건 때문에 그분이 좀 곤란하겠는 걸?"

"경호대 사제의 말에 따르면 딱히 그런 것도 아니랍니다."

"하긴, 꼬리 몇 개 잘린다고 그분이 죽는 것은 아니니까. 한데, 정보 분석 결과가 좀 애매하군."

"어떤 점이 말입니까?"

"결론은 정신 이동자의 소행이 아닐 것이라 되어 있지만 구여길이 경찰에 잡혔을 때 상황이 좀 마음에 걸려."

나종석은 다시 서류 중에 구여길 사건을 바라보며 말한다.

구여길은 정세진의 강제 성추행과 폭행 혐의로 고소를 당했고, 붙잡힌 곳이 그의 별장이었다.

하지만 그가 붙잡힌 곳에서 나온 마약류와 장부, DVD가 문제가 되었고, 사건은 전혀 다른 방향으로 흐르기 시작했다.

"그가 몇 가지를 기억 못하는 점 때문입니까?"

"그것도 말고도 있어. 증거 자료를 태우려면 다 태워 버리지 어정쩡하게 몇 개만 남겨뒀다는 것도 걸려. 아니, 왜 그곳에 있었는지조차 의문이야."

"저도 그 문제가 걸려 자세히 조사를 했습니다. 구여길도 만나보았습니다."

"그런데?"

"구여길의 상태가 비정상적이라 생각한 경찰이 병원에서 그에 대한 검사를 진행했습니다. 결과는 일종의 치매랍니다."

"치매?"

"예. 기억이 오락가락하는 모양입니다."

"증인이 그 상태라면 사건 자체가 성립이 되지 않잖아? 그분이 그 정도 문제를 해결 못하실 분도 아니고."

"문제는 야당에서 그 사실을 알았다는 겁니다."

"허참, 공교롭게 됐군. 하지만 그들도 뒤가 구리잖아?"

"예. 그래서 DVD 문제는 덮고 정치 자금 문제와 마약 사건만 조사하기로 합의를 봤다고 했습니다."

보고서의 내용처럼 우연히 겹쳐서 벌어진 일처럼 보였다.

정신 이동자가 끼어들었다는 증거도 없었다.

하지만 나종석의 육감은 뭔가 이상한 것이 있다고 신호를 보낸다.

"이 일은 다시 한 번 조사해 봐야겠어."

"그것보다 중요한 일이 생긴 것 같습니다."

"정신 이동자보다 중요한 일이 어디…… 설마?"

"예. 의천(義天)의 후예로 보이는 자가 나타났습니다."

"당장 스승님께 알려야 해!"

급하게 전화를 하려는 종석의 손을 용식이 잡는다.

"아직 확실치 않습니다."

"의천의 후예가 나타났다고 했잖아. 한데, 확실치 않다?"

"아직까진 육감일 뿐입니다. 최근 저희 일을 돕고 있는 동진파가 급습을 당했습니다. 그런데 그들이 당한 수법이 의천의 수법과 비슷합니다."

"의천의 수법이라면 심파(心破: 심장을 파괴하는 수법)?"

"심파는 아니었습니다. 하지만 당한 자들의 말에 의하면 심장이 멈출 것 같은 충격을 받았다고 합니다."

"으음!"

나종석은 오른손으로 안경을 만지며 이마를 좁힌다.

그가 생각할 때 주로 하는 행동이었다.

그가 보기에 사제인 용식의 말을 무시할 수가 없었다.

흔히 육감이라고 불리지만 선도법을 배우는 자신들은 그게 얼마나 정확한지 잘 알고 있었기 때문이다.

'정신 이동자와 의천의 후예라. 이 둘이 동시에 나타나다니……'

한참 후에야 나종석은 굳게 다물고 있던 입을 열었다.

"삼 개월을 주겠다. 그전에 의천의 후예에 대해 확실한 증거를 잡아라. 그렇지 않으면 다시 정보대는 정신 이동자에게 집중을 해야 한다."

"알겠습니다, 사형."

이런 결정을 내릴 수 있었던 것은 이미 정신 이동자로 확실시 되는 이를 쫓고 있기에 가능했다.

"의천이라……."

종석은 용식이 나간 후 건물 앞 도로를 바라보며 중얼거린다.

도로는 접속 사고가 났는지 아수라장처럼 혼잡스럽고 시끄러웠다.

마치 그의 마음처럼.

◆　　◆　　◆

내 예상대로 일이 잘 풀렸다.

정세진 폭력 사건으로 연예계가 떠들썩했지만 그와 함께 정치 자금 문제가 터져 나오면서 소란은 일단락되었다.

물론, 연예인의 비디오 소문도 잠깐 돌긴 했지만 찔리는 놈들이 잘 처리했는지 순식간에 사라졌다.

정세진은 이제 천국의 신화에 출연할 여건은 되었지만 투자사나 제작사에서 난색을 표하며 다른 여배우를 물색 중이었다.

휘익~ 툭!

선도법과 선도술이 익숙해질수록 주변에 대한 위험이나 움직임 따위에 민감해지고 있다.

지금도 마찬가지. 내 자리에서 대각선에 앉아 있는 여학생이 몸을 살짝 뒤로 돌릴 때부터 내 감각에 걸렸고 그녀가 던진 쪽지가 나에게로 향하고 내 책상 위에 떨어질 거라는 것을 짧은 순간에 알 수 있었다.

매점 같이 갈래?

쪽지에 적힌 내용이었다.

나에게 쪽지를 적어 보낸 애는 내 대답을 기다리며 초롱초롱 눈빛을 발사하고 있다.

정말이지 인형처럼 생겨서 핸드폰 고리에 걸고 다니고 싶어지는 귀여운 아이다.

내가 고개를 끄덕이자 비로소 환하게 웃으며 칠판이 있는 곳을 바라본다.

'휴~ 내가 뭐하는 짓인지 모르겠다.'

절로 한숨이 나온다.

유령처럼 학교 생활을 한다더니 이게 무슨 짓이냐고 묻는다면 바로 그런 생활을 위해 이런다고 말하겠다.

유령처럼 혼자 교실에 앉아 있다가 혼자 집으로 사라지면 오히려 더 많은 관심을 받게 된다.

그건 왕따당하는 지름길이다.

적당한 교우 관계, 적당한 성적, 적당한 대화야말로 유령처럼 지내기의 기본이라 난 생각했다.

지금까지는 무척이나 잘해오고 있다.

처음에 전학생이라 쏟아지던 관심은 곧 사라졌고 반 아이들은 그냥 학급 친구로 받아들이기 시작했다.

저 초롱초롱 코알라처럼 생긴 안수진만 빼고는 말이다.

점심시간에 밥을 먹고 유령처럼 교실을 빠져나와 적당히

으슥한 곳에서 쉬다가 수업 5분 전에 들어가길 반복하던 어느 날, 내가 쉬던 곳에서 한 남자애가 안수진에게 사랑 고백을 하고 있었다.

취향도 독특하지라는 생각도 잠시 안수진이 남자의 고백을 거절하자 남자애는 쪽팔림 때문인지 눈빛이 사납게 바뀌는 걸 보고 내가 나서 그녀를 데리고 나왔다.

그 이후에는 마치 껌딱지처럼 달라붙는데 미칠 지경이다.

하지만 이럴 때 지랄을 해봐야 소용없는 일.

무심하게 받아주면 언젠가 떨어져 나갈 것이라 편하게 생각했다.

"늦겠다, 빨리 와."

"이미 늦었어."

채근하는 수진이는 아예 내 손을 잡아끈다.

하지만 방금 전 국어 선생님이 종이 울리고 난 뒤에야 수업 종료를 해주셨기에 늦은 거나 다름없었다.

우리 곁으로 연신 남학생, 여학생 할 거 없이 뛰어서 지나간다.

아니나 다를까 매점 앞은 아수라장이나 다를 바가 없었다.

남녀 공학답게 혹시나 있을 수 있는 불상사(?)를 미연에 방지하기 위해 두 개의 입구가 있었지만 그 두 개의 입구를 뚫기는 만만찮아 보인다.

문득, 내가 고등학교 때 저 아비규환 속에서 떡볶이를 사던 기억이 떠오른다.

배고픈 시절 돈이 없었지만 그래도 같은 고아원 형이 사회생활을 시작하고 찾아와선 용돈으로 쓰라고 주고 간 만 원으로 참 아껴 썼었다.

그때, 천 원짜리 한 장을 반으로 찢어 저 혼란한 틈 속에 돈을 내밀면 떡볶이 한 그릇을 먹을 수 있었다.

"이잉! 못 먹겠다."

어디서 코맹맹이 소리를……. 연채와 2살 차이밖에 안 나는데도 애 같다니까.

"그러지 말고 앉아 있어."

"곧 수업종이 울릴 텐데?"

"괜찮아, 앉아 있어."

약간 불안한 모습의 수진은 내 말에 의자에 앉는다.

학생들이 장악했던 매점은 수업 시작 1분을 남겨두자 썰물처럼 빠지고 평온을 되찾는다.

"뭐 먹을래?"

"빨리 교실에 가야 해. 선생님한테 혼날 거야."

"괜찮으니까 빨랑 말해."

"난 소보르빵……."

난 매점 입구에 가서 소보르빵과 핫도그, 음료수를 주문했다.

"아줌마, 여기 빵 3개하고 우유 3개 빨리 주세요."

나하고 똑같은 생각을 하고 있는 여학생이 있었다니.

그 여학생과 눈이 마주쳤다.

'어디서 본 얼굴인데…… 아! 골통 3인방.'

"어? 빼질이다."

얘 이름이 백미희였던가? 한데 누구더러 빼질이래.

난 신경 쓰지 않고 나온 빵을 들고 자리로 돌아가 수진에게 건넸다.

"천천히 먹어, 체한다."

"종쳤어, 어떻게 해."

"내가 책임질 테니까, 먹어."

난 자리에 앉아 핫도그와 음료수를 먹었다.

"여~ 빼질이. 수업 시작종 울렸는데 왜 안 들어가냐?"

"먹고 천천히 들어가……려고요."

반말을 하려고 보니 그래도 선배들이다. 유령처럼 조용한 학교 생활이 모토(Motto)이니 얌전하게 지내야 했다.

"훗! 역시 빼질이라니까. 넌 어떤 방법 쓸 거냐?"

역시 이들도 나와 비슷한 생각을 하고 있었다.

"선배님들은요?"

"요게 우리 아이디어를 훔치려 드네. 특별히 말해주지. 우리는 생리통 핑계를 댈 거야."

주현아는 득의만만한 표정으로 말한다.

아이디어라기엔 뭐하지만 나쁘지 않은 방법이다.

"넌?"

"저요? 전 이렇게 할 거예요."

난 신고 있던 스타킹의 무릎 부분을 찢었다. 그리고 핫도그에 발라주는 케찹을 무릎에 바른 후, 호주머니에 있던 밴드를 꺼내 두 개 정도 티가 나게 붙였다.

"그래서?"

"그래서는 뭐 그래서예요. 친구 어깨에 기댄 채 들어가 연기만 잘하면 되죠."

좋은 생각이라는 표정의 골통 3인방.

"우리도 저렇게 하자."

"그래! 생리통 핑계는 지금까지 너무 써먹었잖아."

"케첩하고 밴드 두 개만 주라."

어려운 부탁도 아니었다.

난 밴드와 케첩이 묻어 있는 핫도그를 뜯어 그들에게 건넸다.

"그럼, 저흰 가볼게요."

"그래, 빼질이 나중에 또 보자."

됐거든. 내가 왜 귀찮게 너희를 또 보냐.

그냥 내 팬으로 편지 속에서만 보자.

빵과 음료수를 다 먹은 수진과 나는 느긋하게 교실로 향했다.

"지원아, 같이 가!"

찰거머리. 오전에 보여준 내 연기는 아무 문제없이 넘어갔다.

한데 문제는 그 이후로 수진이가 존경의 눈빛을 보내며 달라붙는다는 것이다.

물론, 온다는 여자 막지 않고 간다는 여자는 끝까지 잡는다는 내 신념을 따르면 마다할 이유가 없지만 수진은 미성년이었고, 난 지금 여자의 몸이라는 것이다.

"헉헉! 무슨 애가 이렇게 걸음이 빠르니?"

코알라마냥 착 달라붙는 수진.

아무래도 축지법이라도 배워야 할 모양이다.

"오전에는 네가 샀으니까 이번엔 내가 맛있는 거 사줄게. 같이 가자."

으휴~ 이 귀여운 걸 때릴 수도 없고.

"헤헤!"

하여간 수진은 여우였다.

어떻게 해야 사랑받는지를 너무나도 잘 안다고 할까?

"어? 저기 무슨 일 있나 보다."

하교하는 학생들이 빙 둘러 뭔가를 보고 있다.

난 지나치려 했지만 수진은 날 붙잡고 그곳으로 향한다.

한 여학생이 알록달록한 꽃무늬 남방을 입은 사람에게 무슨 말을 듣고 있다.

"……그러니까, 난 학생의 아버지가 어디에 있는지 알고 싶은 거라고. 학생은 알아?"

"모, 몰라요."

"그렇구나. 학생은 모르는구나. 그럼, 혹시 학생 아버지가 오시면 우리한테 연락 좀 해줄 수 있어?"

"……."

"그래, 그 마음 이해해. 괜히 여기까지 찾아와서 미안해, 은경 학생. 그런데 정말 아버지가 어디 있는지 몰라?"

척 보니 견적이 나온다.

사채업자들이 학생을 위협하고 있는 것이다.

물론, 저들이 저 학생을 납치하거나 목소리 높여 위협하는 건 아니다.

그냥 아버지의 행방만을 묻는 척하면서 망신을 줄 목적과 학생이 돌아가 부모에게 자신이 당한 일을 말하게 만들 목적일 뿐이다.

아버지의 행방만을 물었으니 딱히 불법 추심에는 적용되기 힘들다.

"은경아!"

"당신들 여기서 뭐하는 겁니까?"

수진의 목소리와 아직도 앳된 남자의 목소리가 동시에 울려 퍼진다.

왠지 귀찮은 일이 생길 것 같은 예감이 팍 꽂힌다.

수진을 잡으려고 했지만 늦었다.

생쥐처럼 학생들 사이를 파고들어 은경이라는 애에게 간다.

그나저나 수진과 마찬가지로 뛰어든 남학생을 보는 순간, 뭔가 짜릿함이 전해져 온다.

잘생긴 얼굴, 늘씬한 키, 위험에 뛰어들 줄 아는 용기.

이딴 거에 전해지는 짜릿함이 아니었다.

마치 자석이 서로 끌리는 듯한 느낌이었다.

"우리 학교 학생에게 무슨 볼 일이 있는 겁니까?"

"이런, 오해가 있었나 보네. 우린 그냥 은. 경. 학. 생. 의 부모님에 대해 물어보러 온 거야. 모르는 것 같으니 우리는 그냥 가지."

그들은 목적을 충분히 달성했으니 쿨하게 차를 타고 떠나 버렸고 모여 있던 학생들은 역시나 수군거리며 은경 학생에 대해 말하며 흩어진다.

"야! 안수진! 너 왜 남의 일에 끼어들어? 그러다가 다치기라도 한다면……."

"은경이 우리 반 친구잖아."

"……."

역시 진정한 고수는 따로 있는 법이었다.

서은경, 내 감각을 벗어날 만큼 엄청난 무(無)존재감의 능력을 지닌 아이였다.

"넌 누구냐?"

"너, 넌이라니? 난 너희 학교 선배란 말이다."

"그래서?"

"그래서라니? 난 너희들이 위험에 처해 있는 걸 보고만 있을 수 없어 나선 거란 말이다."

열혈남아 나섰다.

우리는 두려움에 떠는 서은경을 데리고 가까운 패스트푸드점으로 왔다. 한데 아까 나섰던 남학생도 우리를 따라온 것이다.

더 이상 신경 쓰다간 한참 촬영 중인 윤승호에게 피해가 갈 것 같았다.

난 서은경을 달래는 수진을 두고 주문하는 곳으로 갔다.

"무엇을 도와드릴까요? 손님."

"불고기 버거세트 세 개……."

"넷!"

"헉! 깜짝이야!"

뒤돌아보니 그 열혈남아가 내 등 뒤에 붙어서 손가락 네 개를 펼쳐 보이고 있다.

'참자, 참어.'

선도법을 행하며 마음을 다스려 본다.

"불고기 버거세트……."

"네 개 주십시오."

"……."

"손님 뒤에 기다리시는 분들이 많습니다. 어떻게 하시겠습니까?"

독한 놈이다.

차마 쪽팔려서 더 이상 싸울 생각이 나지 않는다.

결국 네 개를 시켜 들고 왔다.

수진의 다독거림 때문일까 서은경은 눈물을 흘리고 있었다.

"괜찮아, 울지 마."

"흑흑! ……미안."

정말이지 신파극 따윈 딱 질색…….

"크아아! 그놈들 감히 선량한 시민을 괴롭히다니 용서할 수 없다!"

"시끄럿! 너 집에 좀 가!"

"너, 너라니? 난 너희 학교 선배란 말이다."

"그래……요. 알았으니까 집에 가세요."

'그래서?' 라고 물어보려다 아까와 같은 반복적인 말이 나올 것이 뻔했기에 달리 말을 했다.

"그놈들 대체 뭐하는 놈들이니?"

뿌득! 이 어린놈의 시끼가 감히 형이 얘기하는데 딴청을 피우다니.

"흑흑! 그게 말이죠. ……."

묻는 남자나 말하는 여자나 똑같다.

감정이 복받쳐서 그런지는 몰라도 서은경은 자신의 집안에 대해 열심히 말한다.

하지만 뻔한 스토리다.

우리나라에 이런 사람을 찾아보면 정말이지 많을 것이다.

사업을 하다 사채에 손을 댄 아버지.

사업은 실패로 돌아가고 남은 것은 빚.

사채업자는 그 빚을 받기 위해 그 가족을 괴롭힌다.

"아냐, 아냐! 빚은 집을 팔아서 다 갚았단 말이야. 하지만 놈들은 이자밖에 갚지 않았다고 우기고 있는 거라고. 흑흑!"

마치 내 생각을 읽은 듯이 서은경은 설명한다.

"그럼, 아버지가 오시면 되겠네."

"안 돼. 다른 빚쟁이에게 쫓기고 계신단 말이야. 흑흑!"

하여간 흡혈귀 같은 놈들이다. 사람의 약점이 있으면 어떻게 이용해 먹을까 생각하는 족속들.

모든 설명을 들어본 결과, 은경의 아버지는 하시던 사업이 망하자 가장 먼저 부인 명의로 된 집을 팔아 사채 빚은 갚고 다른 채권자들을 피해 도망을 다니고 계신다는 것.

　하지만 그 사실을 안 사채업자는 그 갚은 돈을 이자라고 말하며 추가로 돈을 요구하고 있다는 것이다.

　은경과 그녀의 엄마가 현재 살고 있는 월세집의 보증금 2,000만 원과 은경의 학비로 남겨둔 1,000만 원을 노리고 있는 것이다.

　"그럼, 그들이 3,000만 원을 요구하고 있다는 말이야?"

　"네……."

　남학생은 마치 자신이 갚아줄 것처럼 말하고 있다.

　물론, 명하고등학교 학생들 중에는 상상 못할 정도로 부유한 애들이 많다.

　우리 반에도 김명숙 회장의 딸이 있고, 그녀와 비슷한 재력 혹은 권력을 가진 애들도 분명 존재할 것이다.

　하지만 누가 같은 반 학우에게 그만한 금액을 내놓겠는가?

　혹시 이 빈대 같은 열혈남아가?

　햄버거 값도 없어 보이는 놈이?

　절대 그럴 리가 없다.

　"으아아! 그놈들 도저히 용서할 수가 없어!"

　역시나 분노할 줄만 알지 해결과는 거리가 먼 놈이었다.

　"그 돈 내가 빌려줄게. 울지 마."

　"푸우~!"

난 안수진의 말에 마시고 있던 콜라를 뱉었다.

물론, 고개는 남학생 쪽으로 돌리는 걸 잊지 않았다.

"네가 무슨 돈이 있다고?"

"어릴 때부터 새배돈과 용돈 받은 거 모아둔 돈이 그쯤 될 거야."

"바보야! 그 돈 받았다고 그놈들이 끝났다고 할 것 같아?"

"괜찮아. 삼촌이 변호사니까, 부탁하면 돼. 또 받으려고 하면 그땐 외삼촌한테 말해 버릴 거야."

"외삼촌은 뭐하시는 분인데?"

"응, 검사."

안수진은 귀엽게 웃으며 말하고 있지만 의외로 사악한 애일 수도 있다는 생각이 들었다.

"그럼, 그 돈을 왜 갚아? 그냥 외삼촌한테 말해."

"그럼, 안 되지. 은경이 아빠가 돌아오신다면 모를까 현재로서는 그냥 갚는 게 은경이에게 좋아. 24시간 보호해 줄 수도 없잖아. 나중에 돌아오시면 그때 받아서 내 돈 갚으면 되잖아, 안 그래?"

어떻게 저렇게 똑 부러지게 자신의 말을 잘하는지 난 안수진을 다시 보았다.

"정말 그래 줄 수 있어?"

"그럼, 우린 친구잖아."

"고, 고마워! 흑흑!"

꽤나 감동적인 장면이다.

"오오~ 친구 간의 뜨거운 우정이라니……."

그나저나 이 남학생은 뭐하는 놈일까?

뒤집어쓴 콜라라도 좀 닦고 감동을 하든가.

뭐 어쨌든 내 손을 더럽히지 않고 일이 잘 해결되어 다행이다.

하지만 조금은 더럽힐 생각이다. 아주 조금만.

◆　　◆　　◆

서은경의 문제는 3,000만 원을 갚을 필요도 없이 안수진의 삼촌이 대부업체를 방문하고 난 뒤 끝이 났다.

그들은 서은경 아버지의 채무가 완전히 사라졌음을 증명하는 각서까지 수진이 삼촌 편으로 전달했다.

역시 권력의 힘은 강했다.

물론, 그들이 순순히 물러났다고 해서 내가 순순히 물러난다면 조금 손을 더럽힐 생각을 했던 내가 뭐가 되겠는가.

그래서 대부업체를 찾았다.

윤승호는 얼굴이 팔린 공인이라 힘들고, 지원인 아직 미성년이라 힘들었기에 동수 형의 몸을 간만에 빌렸다.

"어서 오십쇼."

"좀 전에 전화했던 사람인데요."

"아! 배 사장님이시군요. 이쪽으로 앉으세요. 사장님, 손님 오셨습니다."

서비스업계에 일하는 이들이라 그런지 아주 친절하다.

물론, 돈을 빌리는 순간까지지만 말이다.

사장이라는 사람은 컴퓨터 앞에서 뭔가를 보다가 맞은편 소파로 와 앉는다.

"돈이 필요하시다고요."

"예. 급하게 돈이 필요해서……."

"음, 충분히 이해합니다. 여기까지 오시는 분들이야 다 급전이 필요해 오시는 분들 아닙니까? 그래 얼마나 필요하신지."

"한 삼천쯤."

"천만 원 이상 되면 저희가 고객님의 신상 정보를 살펴봐야 하는데 괜찮겠습니까? 아, 물론 신용등급에는 하등 관계없습니다."

"상관없습니다. 좀 급해서 그런 것이니……."

"예예, 물론이죠. 자, 차 한잔하시며 기다리시죠. 아주 잠깐이면 됩니다. 그럼, 신분증 좀."

나중에 그들의 머릿속을 깨끗이 청소할 테니 걱정 없이 신분증을 넘겼다.

현재, 사무실에 있는 이들은 2명. 일을 하기엔 가장 좋은 수(數)의 인원이었기에 최대한 빠를수록 좋다.

다시 컴퓨터로 가서 뭔가를 두들기던 그는 다시 소파로 돌아온다.

"배동수 선생님에게 저희가 빌려드릴 수 있는 금액은 이천만 원이 한계군요."

"그럼, 이천만 원 만하죠. 나머지는……."

"하지만! 계약 내용을 조금만 바꾸면 가능할 것 같습니다. 그러면 최대 사천만 원까지 가능합니다."

내가 순순히 이천만 받겠다고 하자 금세 말을 끊고 빌려줄 수 있다고 한다.

"그럼, 사천만 원으로 해주세요."

"오! 화끈하신 분이시군요. 알겠습니다. 여기에 작성을 해주시지요."

난 계약서 내용을 대략 보고 사인을 했다.

몇 퍼센트를 받던 아무 상관없었다.

눈빛을 보니 호구를 물었다고 생각하는 모양인데 그건 두고 봐야 할 일이다.

"현금으로 드릴까요? 아님 통장으로?"

"통장으로 쏴주세요. 여기 계좌번호."

다시 컴퓨터로 가서 계좌이체를 시키는 모양이다.

"됐습니다. 선이자 10%를 떼고 입금시켰습니다."

"감사합니다."

"하하하! 저희야말로 감사드리죠."

난 진심으로 감사했다.

저들이 어떻게 벌었든 저들의 돈 아닌가?

그런데 나에게 주는 것이니 고마워할 수밖에.

난 여기 오기 전 대포 통장을 여러 개 샀다.

과거 나상열의 기억에 어디서 누가 파는지를 잘 알고 있었으니 어렵지 않았다.

그리고 사장과 얘기하면서 이지원에게 있던 내 반쪽을 한쪽에서 커피를 타던 직원에게 점핑을 시켰다.

그리고 그 직원의 정신세계로 들어가 방을 만들고 CCTV의 전원을 끄고 내가 찍힌 내용을 지워 버린 후 대기 중이다.

'자! 이제 리플레이(replay:반복 재생) 시간이다.'

난 직원에게 있던 내 반쪽을 사장에게 점핑시켰다.

그리고 그의 기억을 읽고 바로 유체이탈을 한 후, 정신세계에 들어가 간단한 방을 만들었다.

그리고 그의 기억을 불러들여 뒷부분을 잘라서 태워 버린 후, 다소 어리둥절해 하고 있는 직원에게 다시 점핑을 시켰다.

"배동수 선생님에게 저희가 빌려드릴 수 있는 금액은 이천만 원이 한계군요."

"그럼, 이천만 원 만하죠. 나머지는……."

"하지만! 계약 내용을 조금만 바꾸면 가능할 것 같습니다. 그러면 최대 사천만 원까지 가능합니다."

크크크! 이거 마치 DVD를 반복 재생하는 기분이다.

난 아까와 같이 똑같은 얘기를 했고 그도 크게 벗어나지 않은 상태에서 같은 말을 반복한다.

그러면서 그의 기억을 곱씹는다.

돈 귀신이 붙은 놈이었다.

시내에 빌딩도 몇 채 있고, 땅, 아파트 등 상당한 부자였다.

이 정도로 잘 살면서 왜 서민들의 돈을 못 뺏어서 난리인지 모르는 인간.

틈틈이 방문을 해야 할 성싶다.

"현금으로 드릴까요? 아님 통장으로?"

"현금으로 주세요."

"여기 선이자 10%를 떼고 삼천육백입니다."

"감사합니다."

난 등에 매고 있던 가방에 돈을 대충 넣었다.

그리고 다시 리플레이.

계좌이체를 받으면 기록이 남는다. 하지만 현금으로 받으면 기록이 남지 않는다.

난 이 두 가지 방법을 섞고, 액수도 바꿔가며 여러 번 반복한다.

아니나 다를까? 4번 정도 반복을 하자 모니터에 앉아 있는 시간이 길어진다.

물론, 방법은 간단하다.

그가 기억하고 있는 액수를 바꾸고 '빌려줬다.'라는 기억을 어렴풋이 만들어 두면 끝이다.

누구한테 빌려준 건 평생 기억을 못할 테지만.

"……입금했습니다."

"감사합니다. 그럼, 다음에 뵙죠."

"하하! 이자는 계좌이체로 하셔도 됩니다."

착각은 자유다.

난 간혹 돈 필요할 때 온다는 소리였다.

난 문을 나오면서 직원의 기억을 지웠고, 점핑해 사장의 기억을 지웠다.

등에 진 가방이 꽤나 묵직하다.

아무래도 이렇게 비정상적으로 돈 버는 맛을 들이면 빠져 나오기 힘들 것 같다.

그나저나 이 돈을 어떻게 처리할지가 오히려 걱정이다.

이때, 뭔가 짜릿한 느낌이 온몸을 훑고 지나간다.

4.
짜릿한 만남

'이 느낌…… 어디선가 느껴본 것인데.'

난 선도법을 행하며 그 짜릿한 느낌을 쫓는다.

대부업체 건물에서 조금 떨어진 어둑한 골목에 누군가 있다는 걸 알 수 있었다.

내가 골목을 쳐다보자 쓰레기통 옆에 바싹 기대며 숨는 인영(人影).

'최종민. 저 자식은 왜 여기에 온 거야?'

며칠 전 빈대 같은 열혈남아가 바로 최종민이었다.

"야, 너 여기서 뭐하냐?"

"사, 상관 마시고 가시던 길을 가십시오."

휴~ 꼬락서니를 보니 대부업체를 혼내주러 왔나 보다.

한 손에 든 가면으로 얼굴을 가리며 말하는 그를 보니 한

숨이 절로 나온다.

그나저나 참 겁 없는 학생이다.

"저기 앞에 있는 대부업체에 볼 일이 있어 온 건가?"

"그, 그걸 어떻게……."

"백주대낮에 저들을 습격을 하겠다?"

"아닙니다. 그냥 볼 일이 있는 것뿐입니다."

"손에 들고 있는 가면은?"

"가, 가면이 아닙니다. 마스크입니다."

저 멍청한 애가 어떻게 그런 명문고에 다니는지 이해가 되지 않는다.

"대충 뭘 할지 알 것 같은데 그런 일은 보통 밤에 하지 않나?"

"밤에는…… 퇴근하더라고요."

……하긴.

"보아하니 학생처럼 보이는데 학교는?"

"저…… 학생 아닙니다."

거짓말도 제대로 못하는 녀석이다.

뇌 구조가 어떻게 되는지 점핑을 해보고 싶지만 나도 멍청해질까 하기가 겁난다.

빈대에다 다혈질에 멍청하기까지 하지만 착한 녀석 다치는 걸 보고 싶진 않았다.

물론, 최종민이 저 안에 있는 둘 정도는 가볍게 때려눕힐 수 있는 실력자라고 생각하지만 싸움만으로 해결될 일이 아니었다.

"나랑 잠깐 얘기 좀 할까?"

"싫습니다. 전 남자를 좋아하는 사람이 아닙니다."

"뿌드득! 나도 아니거든."

그냥 가자라는 생각이 떠올랐지만 이를 앙다물고 참아본다.

"어쨌든 전 어두워질 때까지 기다려야 합니다."

"대부업체는 내가 손봐 줬으니 충분해. 그러니까 네가 갈 필요도 없어."

"정말입니까?"

"정말이다. 그러니 나랑 잠깐 얘기 좀 하자."

"뭐 그렇다면 잠깐 시간을 내도록 하겠습니다."

뿌득! 이게 아주 날 가지고 노는구나.

그냥 어린애 하나 살리는 셈치고 다시 참고 최종민과 자리를 옮겼다.

"아구아구!"

잘도 처먹는구나. 빈대 같은 녀석.

패스트푸드점 들어온 뒤 물끄러미 나만 보는 녀석을 위해 햄버거를 사줬더니 눈 깜짝할 사이에 먹어치우고 다시 빤히 쳐다보기에 얼마나 처먹나 보자는 심정에 5개를 사줬더니 정말 다 먹을 작정인지 숨도 쉬지 않고 삼키고 있다.

"휴~ 이제야 배가 조금 부르네요."

"그렇다니 다행이다. 한 가지 물어보자."

"말씀하세요."

"너 거기 대부업체에 가서 뭘 할 생각이었냐?"

"그냥 앞으로는 나쁜 짓을 못하도록 할 작정이었습니다."

내가 그들을 손봐 줬다는 말을 해서일까? 아까와는 다르게 술술 말을 잘한다.

"이런 경우 때린다고 해결될 문제가 아니잖아?"

"해결됩니다."

"CCTV는? 그리고 그들이 경찰에 신고하면?"

"마스크 착용하고 때리는데 누가 때린 줄 알겠습니까? 그리고 저한테 맞고 나면 절대 신고 못합니다."

컥! 이 자신감은 뭘까?

그리고 이놈 보기완 다르게 이런 일에 익숙하다고 느껴진다.

"어떻게 때리기에?"

"딱 죽지 않을 정도로만 때리면 됩니다."

"그러다가 너보다 솜씨가 좋은 사람을 만나면?"

"튀어야죠. 그 다음 실력을 키운 다음에 다시 가는 겁니다."

난 나름 일을 굉장히 깔끔하게 처리한다고 생각해 왔는데 눈앞에 있는 녀석의 말을 듣고 보니 꽤나 피곤하게 처리를 하고 있었다는 생각이 든다.

"못 튀면?"

"그건…… 그때 생각해야죠."

단순한 녀석이다.

왠지 이 녀석의 미래가 보이는 것 같다.

"너 앞으로 이런 일에 나서지 마라. 알았냐? 실력도 더

키우고 성인이 된 다음에 해도 늦지 않으니까."

미성년자가 죽는 것은 보고 싶지 않았다. 다만 그것뿐이다.

성인이 된 후엔 빨가벗고 명동 한복판에서 춤을 춘다고 해도 말릴 생각은 없었다.

"싫은데요. 그건 불의(不義)를 보고 피하는 것과 다름없습니다."

"알량한 정의 따위가 너의 목숨보다 더 중요하단 말이야?"

"예! 불의를 보고 피할 바에야 차라리 죽고 말겠습니다."

도대체 말이 통하지 않는 녀석이었다.

그냥 죽든 말든 신경을 끄고 싶었지만 괜스레 오기가 솟는다.

"그래? 그럼, 내가 불의라고 하면 어쩔 테냐?"

"아저씨가 불의라면 당연 피하지 않을 겁니다."

"오냐! 그럼 한 번 붙어보자. 내가 이기면 성인이 되기 전에는 불의를 보면 피해라."

"좋습니다. 제가 이기면 두 번 다시 저에게 이래라 저래라 하지 마십시오."

"좋다."

씩씩대며 우리는 인적이 드문 곳으로 향했다.

어쩌다가 이렇게 된 건지 알 수는 없지만 일단 저 버릇없는 놈을 좀 두들겨 줄 생각이다.

아파트 단지 뒤쪽에 있는 약간의 공터가 적격이었다.

학생들이 담배를 피우는 곳인지 담배 꽁초와 부탄가스 통 따위가 뒹굴고 있었다.

이곳까지 오는 동안 난 선도법을 행하며 온몸에 가득 기를 빨아들였다.

굳이 이렇게 할 필요가 있을까 싶었지만 내 육감은 최종민이 강하다고 말한다.

"그럼, 시작할까?"

"몸을 안 풀어도 되겠습니까?"

"필요 없어!"

하여간 말 한마디 한마디가 재수 없다.

"나중에 딴말하기 없깁니다."

"너나 딴소리 말고 덤벼!"

최종민은 양팔을 어깨 높이로 들어 올리곤 주먹을 꽉 쥔다.

그리고 살짝 눈을 감고 뜨는데 눈빛이 달라져 있었다.

"합!"

기합 소리와 함께 가슴을 향해 오는 주먹.

난 선도술 1단계로 그에 대응하는 하나의 식(式)을 펼친다.

왼손으로 팔을 살짝 오른쪽으로 밀며 이어서 오는 왼팔을 아래로 누른 후 다시 오른손으로 그의 얼굴을 노린다.

팡!

공기가 터지는 소리.

하지만 종민은 어느새 고개를 뒤로 빼며 오른 다리로 내

다리를 걸어온다.

최종민은 빨랐다. 그리고 나보다도 훨씬 다양한 공격 기술을 가지고 있었다.

하지만 이 상태라면 그는 날 절대 이길 수 없다.

종민의 모든 움직임과 다음에 나올 수까지 예측이 가능한 상태.

비록 지금은 동수 형의 몸이라 펼칠 수는 없어도 선도술 3단계를 단번에 펼칠 수 있는 나다.

다시 내 공격에서 빠져나가려는 최종민을 향해 공격을 끊지 않고 이어간다.

그의 어깨에 주먹이 닿기 전에 장(掌)으로 바꿔 밀어 쳤다.

퍽!

"으윽! 꽤 강하시네요."

"이게 너의 실력의 끝이라면 실망인데."

"역시 처음 봤을 때 느낀 대로 강하시네요. 하지만 이제부터 시작입니다."

고오오오오!

동수 형의 머리 위에 있는 홀로 빨려 들어오던 기가 몸부림치듯이 흔들린다.

'기를 모으는 건가?'

하지만 기를 모으는 것과는 좀 다르다.

선도법이 홀로 기를 빨아들여 온몸을 채우는 것이라면 지금 종민의 주변에서 일어나는 일은 마치 블랙홀이 별을 집어삼키듯이 기를 빨아들여 사라지게 만드는 것 같다.

"갑니다."

말과 함께 아까보다 좀 더 빠른 속도로 공격해 온다.

"이 정도라면 결과는 똑같아."

선도술 2단계를 쓸 이유가 없을 것 같다. 하지만 그와 팔을 부딪친 후 그 생각을 바꿔야 했다.

기가 쭈욱 빨리는 느낌과 함께 왼팔에 힘이 없어진다.

그리고 심장이 쿵쾅거린다.

"크!"

복부가 완전히 빈 상태. 이 상태라면 낭패를 피할 길이 없다.

오른 팔로 선도술 2단계를 펼친다.

한 호흡에 3식. 물론, 왼팔이 거들지 못하는 상황이니 허술한 곳이 있었다.

하지만 속도가 그 허술함을 메우며 종민의 공격을 막았다.

그러나 아직 위기는 끝나지 않았다.

이번엔 오른팔의 힘이 빠진다. 다시 힘을 되찾은 왼팔로 공격을 막는다.

계속되는 위기, 하지만 그것도 반복이 되자 곧 익숙해진다.

특히, 부딪힐 때마다 빨려나가는 기(氣)를 느꼈기에 곧 대응 방법을 찾을 수 있었다.

뺏기면 채우면 되는 것이다.

난 홀로 주변의 기를 더욱 많이 잡아먹기 시작했다.

그리고 온몸 가득 넘치도록 채우고 그 넘치는 기를 두 팔로 보냈다.

이제부터 때리는 것도 조심해야 한다.

한 방이면 죽을 수도 있는 상황이다.

'됐다!'

뺏기는 것보다 채우는 것이 더 많아지자 두 팔을 쓸 수 있게 되었다.

방금 전까지 득의만만한 표정을 짓던 종민은 다시 내가 두 팔을 사용하기 시작하자 당황스런 얼굴로 바뀐다.

"어, 어떻게?"

"크하하하! 이제 내 차례다."

그를 향해 선도술 2단계를 펼친다.

퍼퍼퍼퍽!

'헉! 내가 지금 무슨 짓을……'

최종민을 때리다 보니 내가 하는 짓을 깨달았다.

애를 가르치는 게 아니라 때려잡고 있었던 것이다.

난 그를 공격하던 손을 재빨리 옆으로 돌렸다.

퍽! 퍽! 뿌드득!

옆에 있던 애꿎은 나무가 수수깡처럼 부러지며 날아오른다.

"이런 씨댕이들! 누가 우리 아지트에서 싸우……세요."

교복을 입은 몇 명이 담배를 피며 우리에게 다가오다 날아오르는 나무를 보고는 금세 꼬랑지를 말고 도망간다.

지금은 그게 중요한 게 아니었다.

쓰러진 최종민을 상체를 일으키며 상세를 살핀다.

다행히 외관상으로는 문제가 없어보였다.

"콜록! 정말…… 콜록! 강하시네요."

갑자기 기침을 하며 일어나는 최종민.

불타 버린 내 육체가 돌아온다면 이 정도로 기쁠까.

"괘, 괜찮냐?"

"예. 마지막까지 선음법(仙陰法)을 유지하지 않았다면 죽을 뻔했어요."

아무것도 생각나지 않았다.

오직 최종민이 다치지 않은 것만으로도 행복했다.

"그래, 미안하다, 미안해. 앞으로 너하고 싶은 대로 하고 살아라."

"아닙니다. 약속은 지킬게요. 그리고 더 강해진 다음 아저씨, 아니, 형과 다시 대결을 하고 싶습니다."

나중에 동수 형이랑 붙어보면 실망하겠지만 그전에 두 번 다시 이 애 앞에 나타날 일을 없을 것이다.

"병원에 안 가도 되겠냐?"

"이제 괜찮아요. 집에서도 간혹 이 정도는 맞거든요."

"그래, 훌륭한 집안이구나. 맷집도 맞으면 늘지. 그럼 난 가볼게."

"형! 이름하고 사는 곳은 어디예요?"

뒤에서 들리는 종민의 말을 무시하고 난 이미 돈 가방을 챙겨 가슴 높이의 철창을 넘어 도망가고 있었다.

종민과 더 이상 엮이질 않길 빌며 뛰고 또 뛰었다.

◆　　◆　　◆

인생사 마음대로 되면 바랄 게 없겠지만 그렇지 않은 게 묘미라고 했던가?

하지만 지금 앞에서 일어나는 묘미 따위는 없는 것이 훨씬 좋아 보인다.

"안녕하세요. 이번에 천국의 신화에서 민다영 역할을 맡게 된 민수린이에요."

"어서 오세요."

"환영합니다."

짝짝짝짝짝!

배우들과 스태프(Staff)들까지 모두 박수를 쳤지만 난 손만 올린 채 얌전을 떨고 있는 민수린만을 바라볼 뿐이었다.

이어진 대본 연습도 형식적으로 넘어갔고, 마지막으로 천호준 감독의 말이 있었다.

"정세진 씨가 개인적인 사정으로 민다영 역을 하지 못해서 촬영 일자에 차질이 생겼다는 건 모두 아실 겁니다. 하지만 수린 씨가 왔으니 당장 내일모레부터 촬영에 들어갈 생각입니다. 그러니 협조들 해주세요."

"예!"

"A팀은 국내에서 촬영을 시작할 테고 B팀은 홍콩과 마

카오로 가서 촬영을 할 겁니다. 다들 그렇게들 아시고 만반
의 준비를 해주시기 바랍니다. 그리고 수린 씨가 여러분들
에게 인사를 겸해서 좋은 식당을 잡아뒀으니 식사하면서 술
한잔합시다."

"좋습니다."

"수린 씨, 잘 먹을게요. 호호!"

나를 제외하곤 다들 수린의 합류를 기뻐했다.

그리고 음식점으로 향하며 그녀와 단독 면담 시간을 가질
수 있었다.

"이건 계약 위반 아냐?"

"웬 계약 위반?"

"나에 대해 완전히 잊는다며. 한데, 이런 식으로 나타나
면 곤란하지."

"잊었어. 하지만 나도 연기잔데 일은 해야지. 먹고 살아
야 할 거 아냐?"

나랑 장난치자는 건가?

뭐 먹고 살기 위해 일한다고?

난 수린을 뚫어져라 쳐다봤지만 흔들림은 없다.

물론, 액면 그대로 받아들이면 딱히 문제가 될 것이 없다.

원수지간이라도 연기일 뿐이니까 최선을 다할 수 있다.

하지만 뭔가 속셈이 있다는 느낌을 지울 수가 없다.

"머리 굴리지 마, 잡귀."

"잡귀 아니거든."

"난 그냥 너랑 편한 친구로 지내고 싶어. 뭐 원수로 지내

고 싶다면 그것도 좋고."

"친구?"

"그래, 내 주변에 누가 있어? 친구라고는 잡귀 너뿐이라고."

얘가 사람 마음 약해지게 슬픈 표정은.

하긴 재하고는 미운 정도 많이 들었었다.

또한, 친구가 없기는 나도 마찬가지였기에 나쁜 제안은 아니었다.

"좋아, 친구. 앞으로 잘 지내보자고."

"그래, 친구."

눈에 안 보이면 더 좋겠지만 천국의 신화가 끝날 때까지는 어쩔 수 없는 일이다.

또한 민수린이 본격적으로 연예 활동을 다시 시작했으니 이래저래 부딪히게 될 텐데 싸우는 것보다야 나을 것 같았다.

연기자들과 스태프들이 간 곳은 꽤 고급 음식점이었다.

음식은 물론 술안주도 꽤 훌륭했다.

그 덕분일까? 사람들의 기분은 좋아 보인다.

"승호야, 마셔마셔!"

"네. 감독님도 한잔하세요."

"친구 한잔해."

"그래, 친구도 한잔해."

기분 좋게 취해서 여기저기서 술잔이 오간다.

주연이라고 따라주는 술을 마시다 보니 술기운이 은근히

올라온다.

난 잠깐 술기운도 날려 버릴 겸 밖으로 나왔다.

"승호야, 집에 갈 거냐?"

내가 나오자 동수 형이 막 입에 뭔가를 씹으면서 조르르 따라 나온다.

생각해 보면 매니저도 보통 힘든 일이 아닌 듯하다.

"아뇨, 전 신경 쓰지 말고 술 먹어요. 대리 불러서 가면 되니까요."

"그래도 되냐?"

"그럼요. 참치회 맛있더라고요. 많이 먹어요."

동수 형도 기분이 좋은지 기쁜 얼굴로 안으로 다시 들어간다.

간혹 몸을 빌리니 이럴 때라도 나름 대가(代價)를 갚는 것이다.

"후~"

숨을 들이키며 이제는 온몸 크기가 되어 버린 홀(Hole)을 열어 기를 받아들인다.

이미 몸속에 있는 기를 이용해서 술기운을 몰아내도 되지만 이렇게 하는 것이 훨씬 빨랐고 효과도 좋았다.

방금 전까지 신나게 먹던 술이 주향(酒香)이 되어 사라지며 정신과 몸이 원래대로 돌아온다.

찌릿!

꽤 먼 거리에서 느껴지는 그놈의 기운.

"참, 개가 똥을 못 끊는다더니. 그놈 나한테 약속한 지가 얼마나 됐다고."

신경을 끄려 했지만 그 기운 옆에 있는 사람들이 꽤 많다는 것이 느껴진다.

"어라, 이런 것도 가능하네."

선도법 4단계를 시행하고 있으니 주변으로 훨씬 많은 이들을 느낄 수 있었다.

하지만 여긴 시내의 술집.

수많은 사람들의 기운이 느껴지자 머리가 어지럽다.

그래서 다시 종민이 있는 곳만을 집중했다.

"이 자식 다치거나 죽겠는 걸."

종민 주변에는 20명이 넘는 사람들이 있었다.

그 말인즉, 그가 완전히 포위되어 있다는 뜻이었다.

"뒤지게 맞아야 정신을 차리지."

말은 그렇게 했지만 약간의 도움이라도 줄 생각으로 발길은 그곳을 향하고 있었다.

"……죽여!"

"커억!"

"같이 덮쳐!"

건물과 건물 사이 제법 으슥한 곳은 한참 전쟁터 같이 소란스러웠다.

양 떼 속의 호랑이처럼 날뛰는 늘씬한 인영은 도움 따윈 필요 없어 보였다.

"그놈하고 똑같은 기운의 아가씨인가?"

종민과 똑같은 동작이지만 뭔가가 달랐다.

종민이 어설픈 수준이라면 저 여자는 완성형에 가까운 솜씨였다.

한 대씩만 맞아도 추풍낙엽처럼 심장을 부여잡고 쓰러지는 사람들.

그들의 손에 들린 사시미 칼과 알루미늄 방망이는 허공만 찌를 뿐 여자의 옷자락도 건드리지 못하고 있었다.

난 넋이 나간 사람처럼 그녀를 바라본다.

마지막에 칼을 휘두르며 다가가는 사내가 더 오랜 시간 견뎌주길 바라보지만 역시나 깔끔한 한 방에 길거리에 누워버린다.

"아쉽군. 쩝!"

나도 모르게 나온 말이었다.

"뭐가요?"

마치 한편의 영화처럼 쓰러진 적들 가운데 서 있는 그녀의 목소리는 영롱한 피아노소리처럼 아름다웠다.

얼굴을 봤으면 싶었지만 두건으로 얼굴을 가리고 있었다.

"헤헤! 싸우는 모습이 계속 보고 싶었거든요."

"싱겁군요. 싸우는 모습을 보고 싶으면 직접 상대를 하시죠?"

"아니에요. 전 다만 싸움이 났기에 혹 도와줄 일이 있나 해서 왔어요. 하지만 전혀 그럴 필요가 없군요."

"그런가요?"

그녀는 살짝 고개를 갸우뚱거린다.

'뭔가 이상한 것이 있는 건가?'

"저에게 볼 일이 없다면 전 이만 가봐야겠어요."

온통 검은 복장의 그녀는 양옆의 건물을 박차고 건물의 옥상으로 올라가 버린다.

우습게도 그런 그녀의 모습을 또다시 멍하니 바라본다.

인기척! 누군가가 이쪽으로 향해 오고 있었다.

나도 어지간히 정신이 나간 모양이다.

시체들이 수북한 이곳에서 여자의 몸매나 구경하고 있었다니.

배운 게 있으면 써 먹어야 하는 법.

난 단전의 기를 다리로 돌리며 한쪽 벽을 박차고 반대편 벽으로 뛰어올랐다.

타다닥! 타닥!

쉽지가 않았다.

하지만 창틀을 밟자 그녀처럼 깔끔하지는 않았지만 의외로 내 몸은 쉽게 하늘 위로 날아 옥상에 안착할 수 있었다.

난 내 능력에 놀랄 수밖에 없었다.

정신 이동 능력이 있는 나에게 지금까지 선도법과 선도술은 단지 점핑을 많이 하고 몸을 건강하게 하는 수단이었을 뿐이었다.

하지만 그게 다가 아니라는 걸 알게 되었다.

그리고 이러한 능력이 필요한 날이 있을 거라는 예감이 강력하게 들었다.

◆　◆　◆

"뭘 그렇게 보니?"

"응, 책."

"무슨 책? 무협지잖아?"

수란의 말에 난 고개만 끄덕였다.

난 민수린과 민수란이 합쳐져 민수란이 되었다는 걸 인정하기로 했다.

그래서 그녀가 대외적으로는 민수린일지 몰라도 난 수란이라 부를 생각이었다.

이틀 전 사건 이후로 본격적으로 선도법과 선도술에 대해 파고들기 시작했다.

하지만 스승에게 특별이 배운 바도 없었고 무술에 대해 많은 지식을 가지고 있는 것도 아니었기에 시작부터 어려움이 있었다.

그래서 경호회사 근처에 가서 몇 명에게 점핑을 해봤지만 그들의 기억과 실력은 나에게 별 도움이 되지 않았다.

"재밌어?"

"읽어봐."

난 이미 읽은 책을 수란에게 건넸다.

조용히 입 다물고 있으라는 의미였다.

그녀에겐 소설책이 되겠지만 지금 나에겐 나를 관조(觀照)하는 하나의 방법으로 읽고 있는 중이었다.

그리고 나름 성과도 있었다.

선도법을 행하면서 들어온 기가 잠깐씩 머무는 곳은 배꼽

밑에 하단전, 명치 부근의 중단전, 미간 부근의 상단전이었다.

또한, 선도법 1단계가 하단전을 활성화시키는 단계라면 선도법 2단계는 중단전을, 3단계는 상단전을 활성화시키는 단계라 볼 수 있었다.

한데, 난 처음부터 3단계로 시작을 했고, 위기의 순간 2단계의 피부호흡을 알게 되었다.

책에 따르면 주화입마에 걸려 죽을 수도 있었을 텐데 몸 건강히 잘 있는 것을 보면 기연(奇緣)인가 보다.

난 삼단전에 대해서 생각할 때 잠깐 고민을 해야 했다.

난 지금 어느 상태인가?

하단전에 약간의 뿌듯한 느낌이 들긴 하지만 지금까지 오로지 기를 빨아들이는 것만 신경을 썼지 딱히 단전을 구분 짓지 않았다.

그럼, 몸 전체가 내공 덩어리가 되어 버린 궁극의 무림고수냐?

그것도 아니다.

유추해서 내린 결론은 매일매일 빨아들인 기는 약간만 몸에 쌓이고 다시 본래의 기로 돌아가 버렸다는 것이다.

아까웠다.

선도법이 정기신(精氣神), 즉, 상·중·하단전을 고루 활성화시킬 수 있는 일종의 내공심법이었다는 걸 처음부터 알고 있었으면서도 이미 불타 버린 내 육체와 연결을 해야 한다는 생각에 사로잡혀 잊고 있었던 것이다.

그래도 지금이라도 생각한 것이 다행이었다.

또한 나에겐 선도법 4단계가 있었다.

선도법 3, 4단계의 장점은 움직이면서도 기를 축적할 수 있다는 것.

난 지금 온몸의 홀을 열어 엄청난 기를 모아서 삼단전에 기를 쌓기 위해 노력하고 있었다.

"홍콩이 보인다."

무협지가 다소 지루했던지 창밖을 보고 있던 수란이 외친다.

빌딩의 숲이 구름 사이로 보인다.

개인적으로는 두 번째 외국 여행.

'중국의 기(氣)를 다 마셔 버려야지.'

신토불이(身土不二)라고 했지만 무협의 나라 중국이니 기가 풍부할 거라는 단순한 생각이었다.

촬영을 위한 여행이지만 여행이라는 말에 여전히 마음이 설렌다.

5.
가족이 있는 집으로 가자

"거기 서!"

뒤에서 들리는 소리를 무시하고 난 다영의 손을 잡고 뛰고 있다.

"후~ 후~ 조금만 더 힘을 내요."

"왜? 이렇게 된 거죠? 헉헉!"

"저를 쫓는 자들입니다. 후~ 후욱!"

"아악!"

돌부리에 걸려 넘어지는 다영. 재빨리 손으로 넘어지는 그녀를 잡을 수 있었지만 적들은 이미 우리를 에워싸고 있었다.

"흐흐흐흐! 우리를 귀찮게 한 벌은 받아야겠지."

"잠깐! 마지막으로 한 가지만 묻자."

"뭐지?"

"너흴 보낸 사람이 장동욱 그자인가?"

"글쎄? 그건 염라대왕에게 물어보라고. 쳐라!"

"이익!"

다영을 내버려 두고 날 향해 달려오는 이들을 향해 뛰어 간다.

한국말을 하는 조연 배우를 제외하곤 모두 홍콩 배우 협회에서 나온 이들.

촬영 전 이미 몇 번의 합(合)을 맞춰 봤기에 어려울 건 없었다.

특히나 눈에 기를 불어넣는 방법을 알게 되었는데 눈알이 튀어나올 뻔했다는 걸 제외하고는 아주 만족스러웠다.

느리게만 보이던 상대의 동작이 슬로우비디오처럼 보였기에 'NG' 없이 한 번에 갈 수 있었다.

"컷! 좋아! 분장하고 다른 각도에서 한 번 더 찍는다."

한 장면이 끝나고 내가 어떻게 찍혔는지도 볼 시간이 없었다.

적들의 몽둥이와 주먹에 맞아 상처 난 모습으로 분장을 해야 했고, 다시 한 번 싸우는 장면을 찍어야 했기 때문이다.

벌써 삼 일째 홍콩의 곳곳을 돌며 촬영을 하고 있었다.

휴식은 잠깐 잘 때와 촬영 장소로 이동할 때, 그리고 이렇게 분장할 때밖에 없었고, 촬영은 하루 20시간 이상씩 강행군이었다.

"멀쩡해 보이네."

옆에서 같이 분장을 고치던 수란이 촬영 준비를 마쳤는지 차를 마시며 묻는다.

"이 정도야 가뿐하지."

"괴물! 난 지금 엄청 피곤해."

"나보다 분량도 적은 주제에 뭐가 피곤해?"

"한가할 때 쇼핑했어. 아무래도 한국보다는 싸잖아."

그러고 보니 이곳까지 와서 가족들 선물 하나 못 샀다.

연채 그 계집애는 분명 길길이 날뛸 텐데.

아무래도 돌아가기 전에 들러 선물 좀 사야겠다.

"5분 뒤에 촬영 들어갑니다!"

조감독은 우리는 물론, 주변에 모여 있는 모든 사람들이 들릴 정도로 크게 말한다.

현재 우리가 영화를 찍고 있는 곳은 홍콩의 빅토리아 피크(Victoria Peak).

홍콩의 많은 영화에서 나올 정도로 야경과 풍광이 예술적인 곳이다.

그러다 보니 주변에 수많은 관광객들이 있었고, 특히나 촬영 현장 주변으로도 연신 카메라 플래시가 터지고 있어 그들의 양해를 구하기 위해 소리친 것이다.

이곳에서의 할당된 촬영 시간도 정해져 있어서 도저히 딴짓을 할 시간이 없었다.

다시 시작된 촬영.

엑스트라가 동작을 착각했는지 제법 위협적인 공격을 했

지만 무리 없이 받아 넘기며 '오케이!' 사인을 받았다.

"오늘 촬영은 이것으로 끝입니다. 내일은 마카오에서 촬영이 있을 예정이니 연기자 분들 먼저 출발하도록 하겠습니다."

촬영팀은 카메라며 조명 등을 철수해야 했기 때문에 좀 더 시간이 걸릴 것이다.

주연배우의 좋은 점은 여러 가지가 있겠지만 미어터질 듯한 버스를 안 타도 된다는 것.

"고생했어."

동수 형이 열어주는 차를 탔다.

"고생했어. 마카오로 가는 선착장에 도착할 때까지 좀 쉬어."

"누나도 고생했어요."

"나야 뭐. 관광만 실컷 했는데."

이번에 나를 따라 홍콩에 온 사람은 동수 형과 숙희 누나였다.

과거 그들의 기억에는 이러한 외국 촬영이 있을 땐 서로 안 오려고 했었다.

요즘은 그렇지 않은지 내 옆 좌석에 앉은 숙희 누나는 싱글벙글이다.

하긴 과거에 비하면 내가 요즘 이들에게 하는 행동은 천국과 지옥의 차이일 정도로 나긋나긋하다.

똑똑!

"왜?"

수란이 차로 다가올 때부터 알고 있었다.

지금도 난 열심히 홍콩의 기(氣)를 먹어 치우고 있었기 때문이다.

"차가 고장 났어. 나랑 같이 가."

한소리할까 하다가 그래도 친구 먹기로 했는데 그럴 순 없지 싶어 문을 열어주며 숙희 누나 쪽으로 붙어 앉는다.

"고마워."

"천만에."

두 여자의 가운데 껴 머리를 뒤로 기댔다.

잠깐이라도 눈을 붙일 생각이었다.

난 하루에 2~3시간쯤 잠을 잔다.

내 육체를 잃고 윤승호와 일체화가 된 이후로 나타난 습관이었다.

굳이 잠을 자지 않아도 되지만 자고 일어나면 그 포근함과 나른함이 좋아 습관처럼 굳어진 것이다.

자야겠다는 생각을 하자마자 바로 잠이 쏟아진다.

"……호야, 승호야!"

동수 형이 깨우는 소리에 일어났다.

"도착했어. 방에 들어가서 쉬어."

"그래요?"

빅토리아 피크에서 출발과 동시에 잠들었다가 중간에 한 번 깨서 페리를 탔다.

어두운 바다를 볼 일이 없었기에 다시 잠을 잤고, 중간에 다시 차를 바꿔 타고 나서야 목적지인 마카오 시내에 도착했다.

차에서 내리자 금으로 된 나무처럼 하늘을 향해 뻗은 그랜드 리스보아 호텔이 보인다.

"자, 열쇠. 내일 촬영은 9시부터니까 8시에 데리러 올게."

동수 형은 호텔 열쇠를 나에게 건넨다.

"근데, 이건 뭐야?"

내 손에 꼭 쥐고 있는 건 마카오의 카지노에 놀러오라는 전단. 페리에서 누군가 뭘 주기에 받아둔 건데 지금까지 손에 쥐고 있었나 보다.

"안 들어가고 뭐해?"

뒤를 돌아보니 수란이다.

주연배우들만 이곳에 방을 잡아뒀나 보다.

특별히 호텔이라고 좋을 것도 없지만 내 돈 들어가는 것 아니니 환영이었다.

"우린 한 방이면 되는데. 안 그래?"

"됐거든."

"싫음 말고. 준다는데도 싫다는 사람이 있을 줄이야. 첫!"

막 호텔로 들어가는 수란과 내 곁으로 약간 불쾌한 냄새와 함께 누군가 다가오는 게 느껴진다.

난 자연스레 손을 뻗어 수란을 내 뒤쪽으로 향하게 한다.

"싫다며! 왜……."

"혹시 한국 사람 아니십니까?"

꾀죄죄한 복장의 남자가 능숙한 한국어로 말을 걸어온다.

외국에 나가면 가장 조심해야 할 것이 한국 사람과 한국 말을 하는 외국인이라고 누군가 말했다.

내가 보기에도 그 말은 틀린 말이 아니었다.

그들이 나에게 뭔가를 바라는 것이 있으니 접근을 하는 것이지 반가워서 접근하는 건 결코 아니었다.

하지만 난 나를 지킬 수 있다는 자신감 때문일까?

눈앞에 있는 초라한 중년의 동포에게 약간 마음이 움직였다.

"무슨 일이세요?"

"제가 어제부터 아무것도 먹지 못했는데 밥값으로 몇 푼이라도 주실 수 있을까요?"

"안 돼요. 그 돈으로 또 노름할 생각이시죠?"

"저, 절대 아닙니다."

손까지 흔들며 아니라고 말하는 아저씨의 눈빛은 흔들리고 있었다.

그는 분명 다시 카지노로 향할 것이다.

"카지노에 가는 걸 말릴 수는 없겠죠? 하지만 꼭 밥은 드시고 하세요."

난 천 홍콩달러(약 14만 원)를 아저씨에게 건넸다.

"가, 감사합니다."

믿어지지 않는 표정으로 돈을 받아선 다시 뺏길까 후다닥 멀어지는 아저씨.

내가 저 아저씨에게 돈을 건넨 건 분명 사기꾼 아저씨의 기억 때문일 수도 있다.

사기꾼 아저씨는 사기로 번 돈을 노름으로 모두 날리고 노숙자 생활을 하고 있었다.

남을 울렸으니 당연히 받아야 할 천벌이라 생각한다.

하지만 그가 배고파 하던 시절을 알기에 그냥 저 돈으로 한 끼의 밥이라도 사먹길 바라는 마음에서 건넨 것이다.

"미쳤어! 그냥 밥을 사주지 왜 돈을 줘?"

"마음 착한 연예인의 봉사 활동 정도로 생각해 주면 안 되겠니?"

"참나, 지가 마음 착한 연예인이래? 그럼 나한테도 봉사 활동 좀 해봐."

"좋아."

"정말? 그럼 내가 네 방으로 갈까? 아님 네가 올래?"

"이게 틈만 나면…… 쓰읍! 그냥 마카오를 즐기자고."

"데이트하자고?"

"싫으면 관둬."

"여기 한국 사람 많아. 사진 찍힐 텐데?"

"친구끼리 잠깐 논다는데 누가 뭐라고 해? 난 상관없어."

"뭐 그것도 나쁘지 않네."

우리는 짐을 놓고 로비에서 만나기로 한 다음 헤어졌다.

둘이 사고를 칠까 봐 방을 극과 극으로 잡아둔 제작사였다.

◆　　◆　　◆

　마카오에서 관광지를 다니거나 뭔가를 하기에는 너무 늦은 시간.

　하지만 24시간 영업을 하는 호텔 카지노는 각종 쇼와 다양한 볼거리가 있었다.

　모자와 안경으로 대충 변장을 한 후 수란과 데이트를 즐긴다.

　당연 우리를 알아보는 사람들이 있었다.

　하지만 친구라는 생각에 허물없이 행동하니 그들도 그냥 그러려니 하고 넘어간다.

　물론, 사진이 인터넷에 올라올 수도 있겠지만 일일이 신경 쓰면 스트레스만 받는다.

　"혹시, 윤승호 씨 아닌가요?"

　"예. 맞습니다."

　"어머! 반가워요. 윤승호 씨 팬이에요. 사진 한 장만 같이 찍어도 될까요?"

　"물론이죠. 이리 오세요. 이쪽은 배우 민수린 씨예요."

　"아! 기억나요."

　신혼부부인 모양인데 우리는 그들과 사진을 찍었다.

　"이번에 드라마 찍으신다더니 촬영 오셨나 봐요?"

　"예. 좀 전에 촬영이 끝나서 잠깐 쉬고 있었어요."

　"호호! 대박나세요."

　"많이 시청해 주세요."

인기인의 비애이긴 하지만 즐긴다는 생각을 하니 나쁘지
않았다.

'나 신혼여행에서 윤승호 만났다!' 라고 친구들에게 말할
수도 있다.

그럼, 저 신혼부부에게 난 하나의 추억이 되는 것 아닌가.

"우리 카지노에 가자."

"난 별론데. 노름하다가 망한 사람을 봐서."

수란이 카지노에 가자는 말에 일단 거부를 했다.

"누가 노름하재? 그냥 커피 마시듯 즐기자는 거지."

"그럼, 너 하는 거 보지, 뭐."

"그러든가."

구경을 하는 건 나쁘지 않을 것 같아 수란을 따라 카지노
로 들어갔다.

그녀가 선택한 종목은 슬롯머신.

늦은 밤임에도 수많은 사람들이 슬롯머신에 열중을 하고
있었다.

차르르르르. 찰칵!

수많은 기계들의 소리가 불협화음이 되어 들리지만 의외
로 재미있겠다는 생각이 든다.

수란은 능숙하게 슬롯머신에 달린 바(bar)를 당긴다.

"해볼래?"

마침 수란의 옆자리에 앉아 있던 아줌마가 돈이 떨어졌는
지 일어섰고 멍하니 수란이 하는 것만 지켜보던 난 그녀가
건네는 코인(Coin)을 받고 자리에 앉았다.

"그럼 네 개가 똑같이 나오면 좋은 거야. 물론, 나올 확률은 희박하지만."

나도 잘 안다.

직접해 보질 않아서 그렇지 간접경험은 꽤 많다.

코인을 넣고 바를 당긴다.

차르르르르. 찰칵!

마치 기계적으로 동작을 반복한다.

어랏! 옆에 수란은 그래도 코인 몇 개씩은 토해내는데 이놈의 기계는 도대체 삼킬 줄만 알았지 뱉을 줄을 모른다.

한 줌 쥐어준 코인이래 봐야 많지 않았지만 3개가 남게 되자 은근히 열이 받는다.

"더 줄까?"

"응, 다 떨어지면 내가 바꿔 올게."

"키키! 너무 열받지 마. 그냥 재미로 하는 거야."

그녀의 말을 무시하고 눈에 기를 운집시켰다.

그리고 동전을 넣고 당긴다.

차르르르르르르르르르르르. 차아알카아악!

머릿속으로는 사기꾼 아저씨가 슬롯머신에 대해 연구를 하던 모습이 떠오른다.

투툭! 투툭!

슬롯머신이 조금씩 돈을 뱉기 시작한다.

하지만 잃지만 않고 있을 뿐이지 아까와 사정이 나아지진 않았다.

슬롯머신에 대해 아무리 연구를 해봐야 돈을 잃는다는 것에는 변함이 없는 법이다.

그러니 그 아저씨가 깡통을 찬 것이다.

'저 돌리는 걸 멈출 수 있다면⋯⋯!'

난 지금까지 모으고 있던 기(氣)의 일부를 왼팔로 옮겼다.

기가 내 몸을 둘러싸 물리적인 힘에 대항할 수 있다면 기 자체도 물리력을 가지고 있다는 뜻.

슬롯머신 유리막에 다가가던 손은 딱 1cm 앞에서 멈춘다.

역시나 기가 1cm 정도로 내 몸을 보호하고 있는 것이다.

더 많은 기를 왼손으로 옮겼다. 조금씩 밀려나는 손가락.

'가능하겠어!'

난 기를 멈추고 손가락을 유리막 앞에 정확히 댔다. 그리고 기를 유리막 너머로 보내고자 했다.

드드드드드드!

기계에 손을 대고 있는 나만 느낄 수 있는 진동이 생긴다.

그러면서 내 손가락에 회전하는 뭔가가 닿는 물리력이 느껴진다.

'기계에 무리가 가겠는 걸.'

뭐 상관없다. 기계가 망가진다면 모른 척하는 수밖에.

"호호! 그런다고 될 것 같아?"

내 하는 모습을 지켜보던 수란이 한마디한다.

난 집중을 깨뜨리지 않고 내가 원하는 그림을 맞추기 위해 노력한다.

느리게 보이는 화면은 집중을 하자 더욱 느려지며 내 생각대로 움직여진다.

드윽~ 드윽~ 드윽~

3개의 그림이 내가 원하는 대로 완성이 되었다. 이제 마지막 그림만 맞추면 나의 테스트는 완성이다.

이미 머릿속에는 그림 맞추는 것에만 온 신경이 다 가 있는 상태였다.

드으윽~~

마지막 그림이 아래로 내려오며 멈추는 소리가 마치 천둥 치는 소리처럼 들린다.

"성공……."

빰빠라라라라라 빰빠 빰!

갑작스럽게 들리는 음악 소리와 함께 슬롯머신은 자신이 먹은 모든 돈을 토해내기 시작한다.

"뭐, 뭐야?"

"까아~ 당첨이다!"

난 여전히 어리둥절하다.

"1,000만 홍콩달러짜리 잭팟이 터졌습니다. 축하드립니다."

하지만 슬롯머신 한쪽에서 터져 나오는 방송과 주변 사람들의 박수 소리에 비로소 내가 뭘 하고 있었는지 알 수 있었다.

1,000만 홍콩달러(약 14억)에 식사권, 그리고 호텔 내

최고급 객실 투숙권 등을 받아들고 난 멍하니 서 있다.

"축하해, 축하해!"

옆에서 꺅꺅거리는 수란의 말에 비로소 정신을 차렸다.

14억이라. 나쁘지 않다.

아니, 최고다!

내가 다녀야 할 곳 베스트 1위에 당당히 카지노가 선정되었다.

그동안 1위였던 대부업체는 안타깝게 2위로 내려앉았다.

"난 얼마 줄 거야?"

얘가 내가 손가락 부러질 듯한 고통을 참아가며 번 돈을 달라는 소리를 하는 거냐?

그리고 집도 부자고 앞으로 물려받을 재산이 얼만데 나한 테 손을 벌리려 하다니 참 세상 말세다.

"얼마나 줄까?"

물론, 수란의 코인으로 돈을 땄기 때문에 완전히 입을 닦을 수는 없었다.

이런 일로 소송까지 벌어지는 경우도 있으니 조심해야 한다.

난 공인이니까.

"반? 너무 많나? 그럼, 삼분의 일?"

킥! 벼룩의 간을 빼먹을 애다.

정말 친구만 아니었으면 확! 도망가 버리는 건데.

"사, 사⋯⋯."

"4억? 뭐 그 정도로 만족할까나? 좋다 인심 썼다. 4억에 최고급 객실 투숙권으로 깔끔하게 마무리 짓자."

사천만 원이라고 하려 했는데…… 그런 말을 했다간 정말 소송도 불사할 애다.

좀 아깝긴 하지만 깔끔하게 주는 게 낫겠다.

"조, 좋아. 한데 그 돈으로 뭐할 거야?"

"그냥 소년·소녀 가장 돕기나 독거 노인 돕기에 기부할 생각이야."

기본이 된 애였다.

사실 공인이 잭팟 터트려서 돈 벌었다고 하면 일단 색안경부터 끼고 볼 게 분명하다.

그리고 나도 돈만 계속 모은다고 될 일이 아니었다.

대부업체에서 대포 통장으로 계좌이체 받은 돈은 몽땅 각종 사회단체에 보냈다.

현금으로 받은 것은 틈틈이 고아원 등지를 돌며 뿌리고 있지만 아직도 조금 남아 있었다.

뿌릴 시간이 없었다.

"너는 어쩔 거야?"

"나도 그래야지."

"몽땅 다?"

"아니, 그래도 드라마 찍으러 왔다가 번 돈이니 드라마 스태프들을 위해서 좀 쓰려고."

"괜찮은 생각이네. 너랑 나랑 합쳐 세금 제하고 삼분의 이만 기부하고 나머지는 스태프를 위해 쓰자."

"그래. 자! 이제 쉬러 가볼까?"

돈 문제도 해결했으니 이제 들어가 선도술이나 좀 해볼 생각이다.

이제 아침까지 몇 시간 채 남지도 않았다.

"식사권은 아침에 쓸 거야?"

"응, 전화할게, 같이 먹자. 둘이 같이 벌었잖아. 하하!"

"……그 말은 투숙권도 같이 쓰자는 말인가?"

얘가 정말…….

왜 이리 유혹을 하고 난리람.

나도 건장한 젊은이라고! 자꾸 이러면 나 화(?)낸다.

"뭐. 정확히 따지자면 그래야겠지. 흠!"

내가 뭐 부처님 가운데 토막도 아니고, 계속되는 미인의 유혹을 거절하는 것도 예의바른 내가 할 일은 아니었다.

"훗! 에로 잡귀 같으니라고. 그럼 먼저 가 있어. 금방 갈게."

"아니, 네가 먼저 가. 그리고 아까 전에 남은 코인 있지?"

"있긴 한데 또 하려고?"

"아니, 줘 봐!"

멀리 아까 내가 돈을 준 아저씨가 보인다. 힘없는 어깨를 보니 아까 준 돈을 다 잃었나보다.

난 저 아저씨의 기억을 읽어 보기로 마음먹었다.

그리고 지원이의 몸에 있는 내 반쪽을 점핑시켰다.

"왜? 또 저 아저씨한테 돈을 주려고?"

"이것만 주려고."

"그래 봐야 소용없다니까. 어라? 저 아저씨가 네 얘길 들었나 보다. 이쪽으로 오는데?"

난 다가온 아저씨에게 코인을 넘겼다.

"감사합니다."

"네."

내가 나에게 인사를 하고 대답하는 이런 상황이 이제는 그렇게 낯설지 않다.

기억은 역시나 도박에 미친 사람의 기억이었다.

하지만 아이들의 사진을 꺼내서 울고 있는 모습을 봤다.

그래서 마지막 기회를 주려 한다.

벗어나고 벗어나지 못하고는 온전히 저 아저씨의 몫이다.

"자! 들어갈까?"

"응! 잠시 후에 봐."

"그래, 잠시 후에."

◆　◆　◆

따르릉! 따르릉! 따르릉! 따르……

"……여보세요?"

황영달은 잠이 깨지 않은 목소리로 전화를 받는다.

아직도 꿈과 현실의 경계.

몇 년 동안 이렇게 편안한 잠자리에서 자본 적이 없던 그였다.

—편안하게 쉬셨나요? 11시를 알리는 모닝콜입니다.

낯선 여자 목소리.

그제야 약간의 정신이 든다. 그리고 자신의 현실을 알아
차렸다.

"아, 알았습니다. 고맙습니다."

—네, 손님. 달칵!

전화가 끊겼지만 황영달은 여전히 수화기를 든 채 호텔
내부를 멍하니 둘러본다.

"꾸, 꿈이 아니었나?"

어젯밤에 꾼 꿈은 잭팟을 터트리는 꿈이었다.

물론, 대박을 맞는 꿈은 마카오에서 생활할 때 거의 매일
밤 꾸던 꿈이었다.

하지만 어제, 아니, 정확하게는 오늘 새벽에 꾼 꿈은 달
랐다.

황영달은 기억을 더듬어본다.

오늘 새벽 마치 다른 사람이 된 듯한 자신이 슬롯머신에
가 무언가에 홀린 듯이 잭팟을 터트렸다.

처음엔 100만 홍콩달러의 잭팟을, 잠시 후에 1,500만
홍콩달러의 잭팟을 터트리며 다른 이들의 부러움을 샀다.

카지노 사람들과 사진을 찍고 '15,000,000$'라 찍힌
커다란 보드(Board)를 들고 바로 숙박권을 사용해 투숙을
했다.

"아!"

침대의 한쪽 옆에 꿈속에서 본 커다란 보드가 보였다.

"잭팟을…… 정말 터트렸구나……."

이런 때를 무수히 상상을 했었다. 잭팟을 터트리면 크게 만세라도 삼창을 외치고, 같이 지내는 동료들과 여자를 끼고 술파티를 할 생각이었다.

"흑! 으흐흐흑!"

하지만 눈물이 나왔다.

이유는 알 수가 없었다.

끊임없이 흘러내리는 눈물.

그리고 울음을 참으려고 앙다문 입은 서서히 벌어지며 통곡과 같은 신음 소리가 흘러나온다.

"으흑! 으흑! 흑흑흑흑!"

황영달은 태어나서 처음으로 통곡을 하듯 울어봤다.

중소기업을 운영하며 남부러울 것 없이 살아온 그가 노름에 손을 댄 건 고교 동창의 꾐에 빠지면서부터였다.

처음엔 골프를 칠 때 골프비 내기처럼 간단한 내기에 불과했다.

하지만 시간이 갈수록 내기에 빠져들었고, 결국 골프를 친다고 외국에 나와 도박에 손을 댔다.

단 며칠이었다.

절대로 잊고 싶은 그 며칠.

단 5일 만에 수십억이 넘는 돈을 탕진하고 마카오의 거지로 관광객에게 손을 벌어 살게 된 것도 벌써 3년.

그의 부인과 아이들이 어떻게 지내는지조차도 모른 채 대박을 꿈꾸며 살아온 시절이었다.

비행기 삯만 벌면 가려고 했었고, 가족들의 얼굴을 볼 정도로만 돈을 벌면 가려고 했었다. 하지만 몇 번 그런 돈을 만졌지만 '조금 더! 조금 더!'라는 생각에 3년이 흐른 것이다.

그 세월을 잊으려는 듯 그는 울고 또 울었다.

한참을 운 그는 울음이 자자들자 샤워를 하고 밖으로 나왔다.

입고 있던 누더기 같은 옷은 없었고, 깨끗한 옷 위에 3년간 보고 또 봐서 희미해져버린 가족사진이 한 장 놓여 있었다.

깨끗한 옷을 입고 가족사진을 안주머니에 챙긴 그는 호텔 방을 나섰다.

이제는 집에 돌아갈 시간이다.

상습 도박죄와 외환 거래 관리법에 걸려 형을 살아야 할 테지만 이제는 가족이 보고 싶었다.

"편히 쉬셨습니까? 오늘 특별한 자리가 있습니다. 방을 마련해 뒀으니 편히 쉬시다 즐겨보시는 것이 어떻습니까?"

방을 나서자 대기하고 있던 호텔 직원이 중국어로 황영달을 유혹한다.

아이러니하게도 중국어 몇 마디 못하던 그가 도박 때문에 중국어를 유창하게 하게 되었다는 것이다.

"잠시 혼자 있고 싶군요."

"그러시군요. 알겠습니다. 하지만 아주 특별한 자리이니만큼 생각을 해보십시오. 그럼, 방은 준비해 둘 테니 편하신 때 들러주십시오."

포기하는 듯하면서도 끝까지 그를 유혹한다.

하지만 황영달은 그를 지나쳐 로비로 내려왔다.

차르르르르 찰칵!

로비에 내려오자 슬롯머신의 소리가 들리는 것 같다.

'왠지 잘될 것 같은데 한 판만 더해볼까?'

그의 얼굴이 카지노가 있는 방향으로 틀어진다.

수많은 사람들이 오가는 호텔 로비에 잠시 멍하니 서 있던 그의 발이 카지노 쪽으로 한 발 나아가다 멈춘다.

'두 번 다시 아이들과 부인을 못 보게 된다.'

왜 이런 생각이 갑자기 들었는지 모른다.

하지만 그 생각만으로도 가슴이 찢어지는 고통을 맛보는 황영달.

가족사진이 든 안쪽 호주머니 꽉 움켜쥐며 발걸음을 호텔 밖으로 돌린다.

"가족이 있는 집으로 가자!"

◆　◆　◆

인천국제공항.

세계적인 공항답게 오늘도 많은 사람들이 오간다.

그들 중 출국 심사대에서 기다리는 몇 사람의 모습이 눈에 띈다.

얼핏 보면 조폭이라고 해도 믿을 만큼 덩치며 분위기가 살벌하다.

하지만 오가는 대화로 그들이 형사라는 걸 알 수 있었다.

"김 검사님, 커피 드세요."

"박 형사, 고마워."

박 형사라 불린 사람은 손에 든 커피를 일일이 사람들에게 돌린다.

"박 형사, 애는 잘 커?"

"말도 마세요. 얼마나 식성이 좋은지 애 엄마가 모유가 딸려 죽을 지경입니다."

"킬킬! 하긴 그 위험한 상황을 아무 탈 없이 넘긴 놈이니."

"으휴~ 그 말은 이제 그만하세요. 들을 때마다 식은땀이 다 납니다."

동료 형사들의 말에 박 형사는 고개를 흔들며 다시 떠오르는 생각을 지운다.

"참, 제수씨는 아직도 기억을 못해?"

"예, 검사님. 아주 영원히 기억 못했으면 좋겠습니다."

"그러게 다행이네."

김성우 검사는 박철종 형사의 부인이 마약 사건 당시 납치된 사실을 여전히 기억 못한다고 하자 고개를 끄덕인다.

박철종은 분위기를 바꿀 겸 오늘 공항에 도착하는 상습 도박자들에 대해 묻는다.

"오늘은 몇 명이나 온다던가요?"

"응, 5명."

"이번에는 좀 적네요?"

"올 만큼 왔잖아. 이제 공항에 나오는 것도 지겹다."

"하긴······."

김성우 검사는 일주일 전 상부의 명령으로 하나의 사건을 맡았다.

마카오에서 도박을 벌이다 몇 년씩 불법체류 중인 사람들이 귀국을 원한다는 사건이었는데 그 일로 주홍콩 총영사와 통화를 했다.

문제는 그날 이 후, 매일 연락이 오는 바람에 퇴근도 못하고 매일 일에 치여 살고 있었다.

맨 첫날은 마카오에서 상습 도박을 하던 황영달이라는 사람이 열 명의 동료들과 귀국을 한다는 소식을 듣고 별 희한한 일도 다 있다며 조사를 했었다.

조사 결과는 간단했다.

거지처럼 생활하던 도박 중독자들 중 황영달이 한국에 돌아오기 이틀 전에 잭팟으로 20억이 넘는 돈이 당첨이 되었고, 같이 거지처럼 생활하던 동료들을 이끌고 한국에 돌아온 것이었다.

희한한 일은 또 있었는데 황영달은 잭팟 당첨금을 그 열명의 동료들에게 얼마씩 나눠주었다는 것이다.

'이런 사람도 있구나.' 하고 그냥 넘어갈 일이었지만 그들을 조사를 하는데 또다시 홍콩 총영사에서 전화가 온 것이다.

그게 벌써 일주일째 반복이었다.

그들의 공통점은 다 잭팟에 당첨되었고 같이 동료를 데리고 들어왔다는 것과 당첨금을 일정 부분 나눠줬다는 것이다.

"근데, 희한하죠. 잭팟이 그렇게 쉽게 터지는 건가요?"

"쉽게 터지면 상금이 그렇게 많겠냐?"

"아~ 강원랜드나 한 번 가볼까?"

"미친놈! 패가망신당하려면 무슨 짓을 못하겠냐?"

형사들이 하는 대화에 김 검사도 이해가 되지 않았다.

잭팟은 결코 쉽게 터지는 게 아니라는 걸 자신도 잘 알고 있었다.

혹시나 싶어 홍콩 영사에게 물어보니 지금 마카오에서 난리가 났단다.

카지노마다 잭팟이 터지는데 그게 다 한국 사람이라는 것이다.

그래서 한국 사람들을 은근히 막는 분위기라나 뭐라나.

"검사님. 나옵니다."

박 형사의 목소리에 상념에서 깼다.

출입국 심사대로 향해 오는 5명의 사람들.

한눈에 봐도 고생한 흔적이 보여서 찾기는 쉬웠다.

안쓰럽긴 하지만 저들에 대한 조사는 해야 한다.

그리고 약간의 처벌도 받아야 할 것이다.

하지만 이미 도착한 사람들의 경우 정부의 선처를 받았다.

몇 년간 죽을 고생을 한 사람들에게 과한 법을 적용할 수가 없다는 이유에서였다.

"귀국을 축하드립니다. 전 김성우 검사입니다. 여러분은 상습 도박 혐의와 외환 거래 관리법 위반에 대해 조사를 받아야 하겠지만 곧 가족의 품으로 돌아갈 수 있을 겁니다."

다섯 명의 사람 중 맨 앞에 있는 이가 고개를 숙인 채 눈물을 흘린다.

다른 이들도 시선을 피하며 눈물을 훔친다.

김성우 검사는 그런 그들을 보고 진심을 담아 말했다.

"다시 한 번 여러분의 귀국을 축하드립니다."

6.
다정(多情)도 병이다

　가을이라 그런지 그늘에서 느끼는 바람은 약간의 서늘함을 지닌 채 나에게 다가온다.

　간만에 느껴보는 한가함이다.

　물론, 점심시간이 끝나고 나면 이 한가함은 사라지겠지만 그래도 지금 이 순간만큼은 좋다.

　마카오에 다녀와서 윤승호는 본격적인 촬영에 들어갔다.

　정세진 일로 다소 미뤄진 계획 때문에 여유가 없어서인지 아직 방송이 시작되지 않았음에도 밤낮 없이 바빴다.

　한 사람이 바쁘면 한 사람이라도 한가하면 좋으련만 이지원은 며칠 뒤부터 중간고사 기간이었다.

　많은 이들의 기억을 가지고 있지만 사실 공부에 대해서는 다들 잊고 싶은 건지 세월에 잊은 건지 몰라도 대충 훑은 기억 속엔 남아 있는 게 없었다.

그래서 선생님들께 틈틈이 점핑 중이다.

적당한 성적을 받기 위해선 선생님의 기억만큼 좋은 것은 없으니까.

역시 선생님들의 기억은 온통 공부에 관한 것뿐이었다.

덕분에 수월하게 공부 중이다.

물론, 나쁜 모습도 봤다.

하지만 그 정도는 누구나 하는 일이었기에 정신세계에 몇 가지 글을 남겨두는 것으로 마무리를 지었다.

"아~ 고민이네."

지금은 엄청난 고민 중이다.

중간고사가 실시된다고 발표가 있은 후 선생님들에게 점 핑을 하니 선생님들이 낸 중간고사 시험 내용까지 그대로 알아 버린 것이다.

적당한 시험 성적을 받으려고 했지만 견물생심(見物生心)이라고, 올백(All 100)을 맞을 수 있는 상황에서 중간만 하자니 아깝다는 생각이 들어서였다.

"에잇! 그래도 열심히 공부한 애들도 있는데 이러면 안 되지."

다른 애들에게 피해를 입힐 수 없다는 생각에 역시 적당한 시험 점수를 받기로 결정한다.

사실 처음엔 이지원을 대학도 보내고 유학도 보낼 생각이었다.

우아한 커리어우먼으로 만들고 싶다는 생각을 했지만

그러려면 내가 우아한 커리어우먼이 되어야 하는 것 아닌가.

지금도 불편해 죽겠는데 절대 그럴 생각은 없다.

"어? 옥상은 잠겼는데."

몇 명의 아이들이 옥상으로 올라오는 것이 기감에 잡힌다.

난 수진이와 은경이 그리고 최근에 끈질기게 따라다니는 종민이를 피해 옥상으로 올라왔다.

물론, 아무도 모르게 건물 뒷벽을 박차고 말이다.

아마 지금쯤 열심히 날 찾고 다니고 있을 것이다.

철컹!

헐! 아무래도 저 애들 중에 옥상 열쇠를 가진 녀석이 있는 모양이다.

"씨바! 문 잠가! 내가 아주 오늘 저 새끼 여기서 죽여 버리고 만다."

"이 새꺄! 너 오늘 큰일 났다. 중국이 줜내 열 받았어. 킬킬!"

"야, 이 개새끼야! 오늘 뭘 잘못 처먹었냐? 눈 안 깔지?"

퍽! 퍽!

"윽! 윽! 윽!"

전형적인 괴롭힘이다.

학교 특성상 잘사는 애들도 많고 힘 있는 집 애들도 많다.

하지만 명문고라는 이름에 무리해서 온 학생들도 많다.

그러다 보니 이곳도 자연스럽게 상하 계층이 나눠지고 괴롭히는 자와 당하는 자가 나왔다.

나보다 약할 것 같은 사람을 괴롭히고 거기서 희열을 찾는 것은 애들이 가지고 있는 본능이다.

그래서 더 무서운 건지도 모른다.

성인이 되어서는 하기 힘들 일을 너무나 자연스럽게 행한다.

나설까 싶었지만 아직까지 맞는 애가 큰 이상은 없어 보였기에 나서지 않았다.

물론, 당장에라도 나서고 싶었지만 나 자신을 감출 어떤 것도 없었기에 망설이고 있었다.

"또 한 번만 그래 봐, 아주 죽여 버릴 테니까! 퉤!"

신나게 때리던 녀석과 그 옆에서 깐죽거리는 녀석들이 옥상에서 내려간다.

맞은 애는 한참을 웅크리고 있더니 부스스 일어나 온몸에 묻은 먼지를 털어내고 옥상의 안전망 쪽으로 걸어가 한참을 밑을 내려다본다.

'저러다 자살하는 거 아냐?'

얼굴은 보이지 않았지만 처진 어깨가 현재 저 애의 마음을 보여주는 듯해 마음이 아팠다.

나서서 막아줄 걸 괜히 모른 체하고 있었나 보다.

난 아이의 기억에서 '자살'이라는 기억을 없애고 싶어졌다.

마침 윤승호가 한 장면을 마치고 잠시 휴식 중이었기에

맞은 아이에게 점핑을 시켰다.

그리고 기억을 읽었다.

"⋯⋯."

내 예상은 빗나갔다.

저 애, 정상욱은 내 예상보다 훨씬 강하고 똑똑한 아이었다.

다만 그가 계획하고 있는 일은 꽤나 비극적인 결말을 가지고 있었다.

난 정상욱이 계획하고 있는 일을 지울까 했지만 너무 오래 전부터 준비한 것이라 포기를 하고 그에게서 나왔다.

"응? 뭐지? 잠깐 정신을 잃은 건가? 키키키키키!"

제정신이 든 정상욱은 미친 듯이 웃는다.

난 저 애와 얘기를 해보기로 했다.

"뭐가 그리 즐겁니?"

"헉! 누, 누구야?"

난 옥상의 물탱크의 그늘에서 일어났다.

"뭐, 뭐야? 너 언제부터 여기 있었던 거야?"

"아까부터."

맞아서 엉망진창인 얼굴과 휘어진 안경을 바로 하며 샛눈으로 날 바라본다.

"1학년 주제에 선배에게 반말이라니⋯⋯. 하긴, 너 같은 애들이 날 선배로 생각할 리가 없겠지."

"나 아파서 일 년 꿇었어. 원하면 선배 대접해 주고."

"······됐어."

"아까 그 애들이 어지간히 괴롭히는 모양인데 그래서 자살이라도 하려고?"

난 정상욱을 떠보기로 했다. 그래서 그의 아픈 곳을 찌른다.

"키키키! 지금은 안 해. 아니 못해!"

"한다는 거야, 만다는 거야?"

"후~ 내가 왜 너하고 이런 얘기를 하는지 모르겠다. 나 신경 쓰지 말고 너나 신경 써. 빤스 보여 계집애야."

"많이 봐. 한참 호기심 많을 때 아냐?"

"미친······."

상욱은 얼굴을 붉힌 채 고개를 돌린다. 저렇게 순진한 애를 그리고 착한 애를 괴롭히는 놈들이 이해가 되지 않는다.

"선생님에게 말해서 해결하지 그래?"

"너네 같은 애들이 뭘 안다고 자꾸 헛소리야!"

"참고로 난 고아야. 뭐 돈은 좀 있는 편이긴 하지만 많지는 않아."

"······후~ 네가 불쌍해서 말해준다. 여긴 학교지만 사회랑 다를 바 없어. 부모가 가진 재산과 권력이 학생들에게 그대로 적용돼. 그런 상황에서 선생에게 얘기해 봐야 무슨 소용이야. 여기선 학생의 말 한마디면 선생이 교체되는 곳이야. 아까 날 때린 놈의 아버지가 이 나라의 장관이야. 그럼, 놈이 장관이나 마찬가지란 말이야. 그런데 선생에게 말하라고? 그 말을 하는 순간 난 오히려 더 많은 사람들에게 괴롭힘을 당하게 될 거라고! 내 말 무슨 말인 줄 알아?"

상욱은 말을 하면서 억양이 점점 격앙된다.

그러더니 마침내 그의 목소리는 상처 입은 아이처럼 운다.

난 상욱에게 더 이상 말을 할 수도 그의 계획을 말릴 수도 없었다.

"머리 빈 애하고 내가 무슨 소릴 하는 거야, 젠장!"

분노를 추스른 상욱은 나지막이 투덜대며 몸을 돌린다.

난 상욱의 기억을 알고 있다.

그래서 그를 조금이나마 이해할 수 있었다.

물론, 그의 분노와 아픔도 느껴지지만 기억이었기에 100%로 나에게 전달되는 것은 아니었다.

그래서 그에게 아무 말도 할 수 없는지도 모르겠다.

하지만 그냥 보낼 순 없었다.

"내가 친구해 줄게. 하지 마."

내 말에 걸음을 멈춘 상욱은 뒤도 돌아서지 않고 가만히 서 있다.

내가 한 마지막 말을 생각하는 건가?

하지만 상욱은 단 한마디 내뱉는다.

"즐!"

"망할 자식! 즐이 뭐냐?"

상욱은 말없이 옥상을 내려간다. 그리고 난 혼자 투덜대 본다.

하늘은 높고 푸른데 내 마음은 잔뜩 흐려 있다.

가뜩이나 바쁜데 별일이 다 생긴다.

이런저런 일에 끼어드는 것이 오지랖이 태평양만큼 넓어졌나 보다.

◆　　◆　　◆

누구나 억울한 일을 당했을 때 복수를 꿈꾼다.

하지만 보통 속으로 삭일 뿐 실행에 옮기는 이들은 많지 않다.

때론 너무 복수를 하고 싶은데 힘이 없어서 못하는 경우도 있고, 피눈물을 흘리면서도 용서라는 단어로 자기 자신을 속이는 경우도 있다.

그리고 복수를 구체화시켜 실행에 옮기는 이도 있는데 바로 정상욱이 그런 아이였다.

내가 마지막에 그에게 '하지 마.' 라고 말한 것은 복수를 그만두라는 얘기가 아니었다.

만일 상욱이 당한 것처럼 내가 당했다면 나 역시도 복수를 했을 것이다.

그가 실행에 옮기려는 것보다 더욱 비참하게 말이다.

상욱은 자신을 괴롭히던 이들에게 복수를 한 후 스스로 목숨을 끊을 생각을 하고 있었다.

난 그의 정신세계에 들어가 속삭일 수도 있었다.

증거를 남기지 말라고,

그리고 그들은 세상을 살아갈 자격이 없다고.

하지만 그건 나의 복수가 아니다.

난 단지 방관자적인 입장에서 바라만 보고 상욱의 자살만 막을 생각이었다.

중간고사가 끝나는 날이 상욱이 계획한 D—day였다.

"지원아, 지원아!"

눈도 좋다.

종례가 끝나자마자 후다닥 튀어나와 하교하는 학생들 틈에 숨었는데 수진이는 금세 날 찾곤 부른다.

이때는 모른 척이 최고다.

난 발걸음을 좀 더 빨리했다.

그냥 실력을 발휘해서 도망가고 싶지만 누가 뭐래도 난 유령 같은 학창 시절을 보내야 할 의무가 있었다.

"야! 1학년 2반 이지원. 네가 오늘 클럽 가자고…… 읍!"

"죽고 싶나?"

클럽이라는 말에 하굣길 학생들의 얼굴이 일제히 우리 쪽을 향한다.

난 재빨리 수진의 입을 틀어막고 으르렁거렸다.

"그러니까 왜 도망가? 시험 끝나고 우리 집에 놀러가기로 했잖아. 헤헤!"

"내가 언제? 난 오늘 바빠!"

"이힝!"

"이게 어디서 애교질이야!"

난 버럭 소리를 질렀지만 목소리에는 힘이 없었다.

하여간 타고난 여우다.

나중에 아이를 낳으면 딱 수진이 만큼 되었으면 얼마나 좋을까라는 생각도 든다.

"데이트가 있나 보다."

"헉! 깜짝이야. 넌 언제 왔어?"

"나 계속 수진이 뒤에 있었는데?"

무존재감의 절대강자 은경이었다. 내 기감에도 걸리지 않다니……

부럽다.

"저, 정말이야?"

"뭐가?"

"데이트한다는 말."

남자 친구가 다른 여자를 만나러 간다고 할 때 표정을 짓는 수진이다.

"응, 비슷해."

표정이 마음에 걸리긴 했지만 차라리 잘됐다 싶었다.

그리고 오늘 데이트하는 씬을 찍긴 해야 한다.

"누구야?"

"알 거 없어. 지금 바쁘니까 나중에…… 큭!"

말을 이을 수가 없었다.

수진은 별 사탕만 한 눈물을 뚝뚝 떨구며 처량하게 쳐다본다.

"친구를 울리는 나쁜 학생이 누군가 했더니 바로 너였구나."

"넌 또 뭐야?"

"넌이라니! 난 학교 선배란 말이다!"

머리가 아파온다.

아무래도 조만간 이 녀석들의 머릿속에 내 기억을 모조리 지워 버려야겠다는 결심을 한다.

티격태격 한참을 얘기한 끝에 나중에 놀아주기로 한 다음 그 자리를 벗어날 수 있었다.

집으로 돌아와 옷을 평상복으로 갈아입고 잠시 기다리자 기다리던 이가 도착했다.

"지원아, 오래간만이다."

"네."

"승호가 집에 가보라고 하던데 무슨 일이야?"

"별거 아니에요. 그냥 저랑 데이트하는 것처럼 다녀주시면 돼요."

"데, 데이트? 스, 승호가 알면 혼날 텐데?"

"괜찮아요. 가요."

헤벌쭉한 표정을 짓는 동수 형을 보니 뭐라고 한마디해주고 싶었지만 참았다.

일단은 그가 데이트라고 믿고 있는 편이 나중에 편집(?)할 때 좋았기에 어쩔 수가 없었다.

정상욱을 위해 내가 왜 이 짓까지 해야 하는지에 대한 회의감이 들긴 했지만 어린 목숨을 구한다는 것을 위안으로 삼아야 했다.

'연기다. 이건 연기일 뿐이다. 동수 형의 눈은 카메라일 뿐이다.'

스스로에게 최면을 걸며 동수 형 눈을 카메라 삼아 나의 연기는 시작되었다.

"우, 우리 어디 갈까?"

'이 인간이 로리콤(로리타 콤플렉스)이 있나? 왜 말을 더 듬고 지랄이야!'

"영화관 가요."

"그, 그럴까?"

속마음과는 다르게 활짝 웃으며 말했다.

영화관은 학교마다 조금씩 다른 중간고사 기간으로 복잡하지 않았다.

난 주변을 살펴 혹시나 우리학교 학생들이 있는지를 확인했다.

누군가에게 들키면 그 아이의 기억을 지워야 했기에 최대한 조심스럽게 행동했다.

"일반석으로 드릴까요? 커플석으로 드릴까요?"

"커, 커……."

"일반석으로 주세요."

커플석 표를 끊으려는 동수 형.

이 인간이 매니저를 하는 이유를 대충 알 것 같다.

무지 지루한 시간이었다.

영화도 보고, 길거리를 다니며 아이쇼핑도 하고, 분식집에 들어가 저녁도 먹었다.

시계를 흘낏 본다.

정상욱이 그를 괴롭히던 아이들을 불러 모았을 시간이 다
돼 간다.

"이제 들어가 봐야 하는 거 아니니?"

"조금 아쉬운데……. 그러지 말고 우리 DVD방에 잠깐
쉬었다가 가요. 너무 걸었더니 다리가 아프네요."

"DVD방? 그, 그럴까?"

무슨 상상을 하는지 훤히 보이는 얼굴이다.

나와 동수 형은 근처의 DVD방으로 가 런닝타임이 2시
간 정도 되는 적당한 영화를 선택 후, 썬팅이 잘된 밀폐된
방으로 들어갔다.

모텔방 수준의 훌륭한 방에 이지원의 몸을 눕혔다.

"음, 음료수 사올게."

지금 동수 형의 목소리는 음료수에 약이라도 탈 기세다.

하지만 여기까지다.

난 그가 나가자 안에서 방문을 잠그고 그에게 점핑을 했
다.

동수 형의 몸을 워낙 자주 이용해서일까?

이질감을 느낄 새도 없이 금세 그의 몸을 차지했다.

"쯧! 하여간 인간하곤."

기억을 읽는다고 그 사람의 생각이나 감정을 볼 수 있는
건 아니다.

눈으로 본 사실과 대략적인 느낌만을 알 수 있는데 동수
형은 아주 행복해 하고 있었다.

그의 기억을 살피며 객관적으로 바라보는 이지원은 예쁘긴 예뻤다.

얼굴은 물론이고 늘씬한 키에 선도법과 선도술로 다져진 몸이라 쫙 빠진 몸매.

하지만 움직이는 나의 입장에서는 괜스레 짜증이 났다.

이지원은 도무지 유령과 같은 학교 생활을 할 수 없는 애였다.

이미 알고 있는 사실을 애써 모른 척하며 지내다 이번 일로 다시 깨닫게 된다.

"될 대로 되겠지."

지금은 이런 생각을 할 때가 아니었다.

난 선도법을 행하며 화장실로 향했다.

이곳 남자 화장실은 밖으로 나갈 수 있는 창문이 있었다.

정상욱이 자신을 괴롭히는 아이들을 한곳으로 모이게 하고 복수를 할 계획을 했다면 난 그가 자살을 하지 못하도록 하는 계획을 세웠다.

DVD방은 3층.

화장실 창문으로 빠져나온 난 다리에 기를 모으고 아래로 뛰어내렸다.

다리에 기를 모으고 떨어지는 순간 무릎을 구부리면서 몸을 동그랗게 말아 바닥을 한 바퀴 굴렀다.

"이 몸도 꽤 쓸 만하군."

윤승호와 이지원의 몸이라면 굳이 구를 필요도 없다.

이 둘의 몸으로 꾸준히 선도법 4단계로 각 단전에 기를 모으고 있어서인지 어느새 사람 같지 않는 힘을 가지고 있었다.

하지만 간혹 일이 있을 때마다 움직이는 동수 형의 몸도 어느새 기를 받아들이기 좋은 상태로 바뀌어 있어서인지 꽤 뜻대로 기가 움직여 준다.

이곳에서 10분 거리에 정상욱이 있다.

혹시나 일이 빨리 진행될까 싶어 서둘러 그가 있는 곳으로 향했다.

재개발 공사 때문에 방치된 낡은 건물.

2차선 도로 맞은편 네온사인이 깜박일 때마다 동네 아이들이 건물 벽에 낙서해 놓은 그림과 글들이 얼핏 보이며 적막함과 괴기스러움이 물씬 풍기는 곳이다.

난 기감을 확대해서 안에 상황을 살펴본다.

"1층에 두 명, 2층에 여섯 명인가?"

동수 형의 몸이라 시간이 좀 걸렸지만 건물 내 현재 상태를 알 수 있었다.

폐쇄된 건물의 외벽을 넘어 입구로 향했다.

예전 당구장이 있던 건물인지 유리문 앞에는 희미하게나마 '청솔당구장'이라는 마크가 남아 있었고, 쇠사슬이 문에 걸려 있었다.

쇠사슬에 열쇠가 채워지지 않아 손잡이를 당기면 풀리겠지만 지금은 만질 수가 없다.

아직까지 저 손잡이에는 전기가 흐르고 있을 것이다.

"들어갈 곳이…… 저기다!"

일, 이층의 창문은 다 깨져 있었지만 나무판자 따위로 다막혀 있었고, 3층의 한 곳만이 창문이 완전히 깨져 있었다.

적벽돌로 지어진 건물이라 발 디딜 곳은 많았다.

탁! 덕! 탁!

세 번의 발돋움으로 깨진 3층 창문을 통과했다.

도로 건너편의 네온사인들의 불빛 때문에 아주 어둡진 않았다.

건물 내부는 여기저기에 가스통과 과자 봉지, 술병 등이 나뒹굴고 있었다.

발소리를 죽이고 조용히 아래층 계단으로 내려간다.

퍽! 퍽!

포대(자루) 따위를 각목으로 칠 때 나는 소리가 은은하게 들려온다.

천정에 달린 백열등 아래 다섯 명의 남자애들이 따로따로 묶인 채 바닥에 쓰러져 있었고, 정상욱이 각목을 들고 그 남자애들을 때리고 있었다.

"후욱! 후욱!"

차례차례 다섯 명을 각목으로 몇 번씩 내려친 후 힘이 드는지 정상욱은 숨을 고른다.

'쯧쯧! 저렇게 해서 무슨 복수를 한다고.'

때린 정상욱의 눈빛과 팔은 떨리는데 쓰러진 채 바닥을 뒹구는 아이들의 눈빛은 당장이라도 정상욱을 때려죽일 듯한 표정들이다.

복수를 위해 막상 저들을 잡은 것까지는 좋았지만 막상 죽이려니 뜻대로 안 되나 보다.

정상욱은 각목을 든 채 한 아이의 입에 물린 재갈을 풀어 준다.

"이 씨발새끼! 너 이게 무슨 짓이야?"

"글쎄, 지난 이 년간 너희에게 당한 복수라고 할까?"

"복수? 이 씨발새끼가 돌았나? 빨리 풀어라. 그럼, 이번 한 번만 특별히 용서를 한다."

"미친 새끼, 아직도 상황 판단이 안 되냐? 한 번만 더 욕하면 옥수수 다 날아갈 줄 알아."

"이 개새끼가 정…… 커억!"

퍽! 퍽! 퍽!

"옥수수 다 날아간다고 했지!"

가차 없이 휘둘러지는 각목. 피와 이빨이 튀면서 방금 전 욕한 녀석은 정신을 잃고 쓰러진다.

전혀 떨림이 없는 깔끔한 매질이다.

'헐! 약해지는 마음을 저런 식으로 다잡는 건가?'

아이들의 눈빛은 삽시간에 공포로 물든다.

정상욱은 다음 녀석의 재갈을 푼다.

"왜, 왜 이래? 상욱아, 우리가 잘못했다."

"뭘 잘못했는데?"

"다! 몽땅 다! 제발 한 번만 용서해 주라, 응?"

"네가 그렇게까지 말하니 마음이 약해진다. 그럼, 한 가지만 물어볼게."

"응! 뭐든지 물어봐 다 말해줄게."

"작년에 기억날지 모르겠는데 너희들이 내 도시락에 개구리를 넣어뒀잖아? 넌 혹시 개구리 먹어봤니?"

"……그, 그게…… 잘 기억이 안 난다. 미안해, 정말 미안해."

"그렇구나. 난 과연 그게 먹을 수 있는지 궁금하더라."

정상욱은 자리에서 일어나 한쪽 구석으로 가서 뭔가를 가져온다.

그러더니 재갈을 푼 아이 앞에 펼쳐 놓는다.

"정말 구하기 힘들었어. 너희들이 개구리를 구하려고 얼마나 고생했는지 깨달았어. 자, 먹어. 그럼, 넌 용서해 줄게."

"……."

"왜? 못 먹는 거야?"

"그, 그걸 어떻게 먹어?"

"그런데 왜 그걸 도시락에 넣어둔 건데! 왜!"

또다시 각목이 춤을 춘다.

정상욱은 정말 지독하게 당했었다.

하지만 이 날을 위해 참고 또 참아왔다.

그리고 그 기억을 하나씩 끄집어내며 한 명씩, 한 명씩 부셔 나간다.

"후우~ 이제 너만 남았네."

피 묻은 각목을 중국의 눈앞에 흔들며 그의 재갈을 풀어준다.

"……."

"왜, 아무 말도 없지?"

"꼭 무슨 얘기를 해야 해?"

"아니, 다만 묻고 싶은 게 있어."

"묻지 말고 그냥 때려."

"뭐?"

중국의 담담한 말에 오히려 당황한 건 상욱이었다.

'멍청아! 믿지 마.'

난 속으로 소리를 질렀다.

끼어들지 않기로 했기에 옆에서 바라만 보고 있지만 지금 중국이라는 애가 하는 행동이 얼마나 가증스럽고 영악스러운지 내 손발이 간질거린다.

"어차피 때릴 거잖아? 내가 네게 잘못했다는 걸 나도 알아. 그리고 그 화가 나를 때려야만 풀린다는 것도 잘 알고. 그러니 니 맘대로 때리라고."

눈 깊숙한 곳에는 살기가 끓어 넘치면서도 자신의 처한 상황을 이해하고 최대한 피해를 줄여보려는 중국이다.

아버지가 장관이라고 했던가?

정치인의 피를 그대로 물려받은 모양이다.

"경호원을 기다리려는 수작인가? 그들이라면 아래층에 묶여 있으니 꿈도 꾸지 마."

"그런 기대는 안 해. 어서 날 때리라고!"

"너의 소원이라면!"

퍽! 퍽!

"으읔! 윽~!"

묶인 채 바닥에 누워 있는 중국을 때리는 상욱의 팔에는 다른 애들을 때릴 때와 다르게 힘이 없었다.

"개새끼! 니가 뭔데 날 괴롭히는 거야! 니가 뭔데 내 인생을 이따위로 만드는 거야!"

상욱은 중국을 계속 때리면서 울부짖는다.

하지만 내가 보기엔 그의 복수는 끝이 났다.

그리고 아마 중국의 또 다른 복수가 시작될 것이다.

만일 상욱이 사라진다면 그의 가족에게 쏟아질 것이다.

바닥에 쓰러진 채 매를 맞고 있는 중국의 눈빛은 악귀나 찰의 그것과 다를 바가 없었다.

하지만 상욱은 그 모습을 보지 못하고 있다.

'어라? 경호원들이 깨어난 건가?'

내 기감에 아래층 경호원들이 움직이는 게 느껴진다.

상욱이 어설프게 묶어 둔건지 경호원들이 요령이 좋은 건지 몰라도 지금 상황에서는 귀찮은 일이었다.

'귀찮게 하는군.'

살짝 몸을 일으켜 2층으로 올라오는 계단에서 기다린다.

"……지금 2층으로 올라가고 있습니다. 도련님이 무사하신지 확인되면 바로 다시 연락드리겠습니다."

조용히 어디론가 통화를 하며 올라오는 경호원들.

"예! 범인의 얼굴을 봤습니다. 그는…… 헉!"

젠장! 정상욱의 이름이 밝혀지면 일이 더 복잡해진다.

난 어두운 계단을 내달려 통화 중인 그에게 다가갔다.

꽤 훈련이 잘된 사람인지 내가 다가가는 낌새를 알아채고 즉각적인 방어 자세를 취하려 한다.

하지만 안다고 막을 정도의 빠르기가 아니다.

주먹이 그의 복부에 깊숙이 박히고 구부러지는 그의 뒷목을 쳤다.

"누, 누구냐?"

뒤에 있던 경호원이 묻는다.

하지만 대답해 줘야 할 의무도 없고 해줄 마음도 없었다.

"커억!"

뒤에 있던 경호원도 제대로 막지도 못하고 뭔가를 토하며 쓰러진다.

윤승호의 천국의 신화 오늘 촬영 분은 끝이 났다.

난 재빨리 윤승호에게 있는 내 반쪽을 방금 통화하던 경호원에게 점핑을 시켰다.

일단 이들의 기억을 지우는 게 우선일 듯싶었다.

ㅡ김 실장, 무슨 일이야? 전화 받아!

전화 통화 중에 공격을 해서 아직 통화가 끊기지 않았나 보다.

중국이의 아버지?

문득, 장난기가 생긴다.

전화기를 집어 들고 음흉한 웃음부터 날린다.

"ㅋㅎㅎㅎㅎㅎ!"

ㅡ누, 누구냐?

"목을 닦고 기다려라. 자식 교육을 이따위로밖에 시키지 못한 네놈도 조만간 내 벌을 받을 것이다."

―가, 감히! 네놈이 누구인지 모르지만 내 아들에게 털끝
만큼이라도 이상이…….

뚝!

진부한 대사 따위를 듣고 싶은 생각은 없었다.

두 경호원의 기억을 살핀 후, 상욱을 본 기억을 지워 버
렸다.

이제는 2층의 아이들의 기억을 지우고 상욱의 기억만 조
작하면 끝이다.

"바보 같은 놈!"

잠깐 경호원들의 기억을 살피고 지운다고 정신을 팔고 있
는 사이 상욱의 기감이 3층에 가 있는 것을 이제야 발견했
다.

몸을 번개같이 움직여 3층으로 올라간다.

하지만 이미 내가 들어왔던 창으로 올라가고 있는 상욱.

"아, 안 돼!"

이대론 늦었다.

진즉에 그의 정신세계에 방을 만들어 둘 것을…….

자책감이 든다.

하지만 상욱을 살리고 싶다는 생각은 또 하나의 기적을
낳았다.

과거 하늘을 나는 꿈을 꿨을 때처럼, 원거리 점핑이 가능
했을 때처럼, 그리고 주문 없이 점핑을 할 수 있을 때처럼
묘한 감응이 일어난다.

‘할 수 있다! 아니, 해야 한다.’

경호원에게 있던 내 반쪽이 상욱의 기감을 향해 나아감이 느껴진다.

팟!

이질감. 그리고 상욱의 몸이 앞으로 쏠리는 느낌.

떨어지는 건 어쩔 수 없지만 최대한 다치지 않게 해야 한다.

상욱의 홀을 느끼고 기를 빨아들인다.

‘이 자식 머리가 무거운 건가?’

눈을 뜨니 머리가 곧장 아래로 향하고 있다.

빨리 몸을 차지해야 하는데 0.1초라도 아쉬운 상황.

대략 1m를 채 남기지 못하고 몸을 차지했다.

누군가 갖다 버린 쓰레기들이 날 기다리고 있다.

고개를 푹 수그리며 팔을 저어 후방낙법(떨어질 때 등 뒤로 하는 낙법)을 준비한다. 그리고 빨아들인 기는 한참 부족해 상욱의 내장만이라도 보호하고자 감싼다.

퍼억! 쿠웅!

두 팔이 먼저 땅을 치며 떨어지는 무게를 최대한으로 분산시킨 후 등이 땅에 닿는다.

“큭! 커억!”

묵직한 충격이 온몸으로 전해온다.

숨을 멈추고 있었음에도 충격에 고통의 비명이 목을 뚫고 터져 나온다.

“망할 자식! 잠시를 못 참고 뒤지려고 하다니.”

짝!

손을 들어 내 뺨을 후려갈긴다.

하지만 나만 아프다.

다행스럽게도 상욱은 쓰레기 더미 속에 있던 돌에 부딪친 오른팔이 시큰거리며 피가 나고 있지만 뼈에는 특별한 이상은 없어 보인다.

이만하기 천만다행.

하지만 아직 일은 끝나지 않았다.

경호원이 연락을 했으니 누군가가 곧 도착할 것이다.

빨리 일을 서둘러야 한다.

동수 형의 몸으로 아래에 내려와 상욱 뒤에 섰다.

그리고 기감을 확대해 2층에 쓰러져 있는 아이들 중 한 명에게로 내 반쪽을 점핑시킨다.

위기의 순간보다는 다소 늦었지만 성공.

"이건 자살하려고 한 벌이다."

다시 제정신을 차리는 상욱의 뒷덜미를 강하게 내려친다.

정신을 차리자마자 다시 쓰러지는 상욱을 받아들고 일이 끝나길 기다린다.

다정(多情)도 병이라고 했던가?

아무래도 요즘 너무 남에 일에만 신경 쓰며 사는 게 아닌가 싶다.

◆　　◆　　◆

다음 날, 오전까지 학교는 평온했다.

하지만 점심시간이 지나면서 아이들은 숙덕거림이 커지더니 내 귀에까지 들어왔다.

"어제 2학년 일진 오빠들이 납치되어 집단 폭행을 당했대."

"왜? 이유가 뭐래?"

"나도 몰라. 지금 2학년 교실에 형사들이 와서 조사 중이래."

"형사까지?"

평소 교실에서 좀 논다 하는 애들의 대화에 우리 반도 순식간에 시끄러워진다.

"조용, 조용! 여기가 무슨 시장 바닥이니?"

선생님이 들어오자 교실은 금세 조용해진다.

"지금 학교에 불미스러운 소문이 돌고 있는 것 같은데 헛소문에 현혹되지 말고 학생 본분에 맞게 행동했으면 좋겠어. 알았지?"

말하는 선생님은 형식적인 말투였고, 듣는 학생들도 딱히 신경 쓰지 않고 옆에 있는 아이들과 속닥대기 바쁘다.

"참! 이지원."

"네."

"지금 교무실에 가봐."

무엇 때문에 날 부르는지 잘 알고 있었기에 두말없이 자리에서 일어났다.

여기서 이유를 묻는 건 앞으로 학교 생활이 피곤해지는

지름길이니까.

"선생님, 지원이를 교무실에서 왜 부르는 거죠?"

컥! 수진이 저 계집애가 정녕 나와 무슨 악연이 있는 건가?

왜 쓸데없는 질문을 하는 거야!

수진이의 질문은 선생님의 입장에서는 꽤나 당돌한 행동이었다.

과거 내가 고등학교 다닐 때 저런 질문을 했으면 귀싸대기 왕복을 당했을 텐데 이곳의 선생님들은 힘이 없었다.

"글쎄, 나중에 담임 선생님께 여쭈어보렴. 자, 수업 나가자."

선생님의 내공도 만만치 않다.

두루뭉술 넘어가는 실력이라니.

수진은 더 이상 할 말이 없는지 자리에 앉으며 날 걱정스레 바라본다.

하여간 빨리 2학년이 돼서 수진이와 다른 반이 돼야지 은근히 피곤한 애다.

그래도 날 걱정해 주는 눈빛.

그리 나쁘지만은 않다.

"이지원 학생?"

"예."

"몇 가지 물어볼 말이 있는데 괜찮겠지?"

어수선한 분위기의 교무실에 들어가자 안내된 곳은 교감실.

그곳에는 형사 두 명과 정상욱이 있었다.

"네, 말씀하세요."

"어제 뭐했는지 알 수 있을까?"

"이유를 물어봐도 될까요?"

"별거 아냐. 학교 선배들이 폭행을 당했다는 얘기는 들었지? 그 사건을 조사하고 있는데 지원 학생의 도움이 필요해."

"그렇다면 말씀드려야죠. 그러니까 어제 시험 끝나고 저기 있는 상욱 오빠와 데이트 했어요."

우웩! 오빠라는 말을 하니 속이 뒤집힌다.

하지만 연기는 나의 인생.

속으로는 죽을 맛이지만 표정은 담담했다.

"자세히 말해줄래?"

"그러니까 만나서 영화를 보고요……."

내가 계획했던 일이다.

그리고 동수 형의 기억을 그대로 상욱의 머리에 심어뒀으니 어긋날 게 없었다.

"……그리고 DVD방에서 나와 헤어졌어요."

내 말에 두 형사는 눈을 맞추더니 고개를 끄덕인다.

"혹시, DVD방에서 본 영화는 기억해?"

"음……. 잘 기억에 안 나는데요."

"그래? 험! 혹시 DVD방에서……."

"그걸 꼭 제 입으로 말씀을 드려야 하나요?"

"아니, 아니! 됐다. 충분해. 상욱 학생에게 들었어."

DVD방에서 기억이 문제긴 문제였다.

쓰러져 있던 지원이 DVD를 봤을 리가 없으니까.

그래서 내 기억 중에 눈을 감고 키스하며 애무를 하던 기억을 상욱에게 심어뒀다.

상욱은 그 얘기를 형사들에게 했는지 내 눈과 마주치자 얼굴을 붉힌 채 시선을 피한다.

"학생들은 나가봐도 돼."

이로써 이번 일도 끝이다.

귀찮은 일도 있었지만 정상욱을 구할 수 있었다는 것에 만족한다.

"지, 지원아."

"왜?"

복도에서 고개를 숙인 채 말을 더듬는 상욱.

"내, 내일 주말인데 데이트 안 할래?"

"……."

이 자식이! 구해줬더니 보따리 내놓으라 한다더니 딱 그 짝이다.

"D, DVD방에 가도 좋아……."

내가 심어둔 기억 속 여자가 적극적이긴 했다.

그래도 적당히 끊었는데 아무래도 이 자식에게는 문화적 충격이었나 보다.

"꺼져! 너랑은 더 이상 안 만나."

이놈과의 인연은 이게 끝이다.

살려줬으면 됐지 더 바라면 양심도 없는 놈이다.

"그러지마~ 이번엔 내가 노력할게. 최선을 다할게!"

졸졸 뒤쫓아 오며 징얼대는 상욱.

그리고 뭘 최선을 다 해?

기억 조작으로 왕따 소년이 변태 소년으로 바뀐 모양이
다.

7.
추억 여행

가을 현장 체험 학습.

내 기억 속 가을 소풍은 생소한 단어로 바뀌어져 있었다.

소풍을 간다는 설렘은 여전하다.

하지만 여전히 적응하기 힘든 지원의 몸으로 가는 소풍은
왠지 짜증스럽다.

"옷이 이게 뭐야? 얘가 연예인이야?"

지원이로 지낼 땐 많은 옷이 필요 없었다.

학교에선 교복과 집에선 추리닝.

한데, 소풍 땐 자유 복장이라 예전에 연하와 같이 고른
옷을 입어보니 참 가관이다.

좀 평범했으면 좋으련만 죄다 화려하기 그지없다.

아무래도 연하 녀석에게 오늘 잔소리 좀 해야겠다.

"바지는 없는 거냐?"

옷장 안에 옷을 다 꺼내 침대에 올려놨지만 바지는 없었다.

"휴우~"

다른 대안이 없었다.

결국 가장 무난하다고 생각 드는 옷을 다시 입고 학교로 향한다.

교복이 아닌 사복을 입은 여학생들이 학교로 가는 모습을 보니 한결 마음이 편해진다.

내 복장이 다소 공주풍이긴 해도 눈에 확 띌 정도는 아니다.

앞에 걷고 있는 세 명에 비하면.

소풍을 가는지 클럽을 가는지 구분이 안 되는 복장에 바람결에 묻어나는 은은한 향수 냄새까지.

골통 3인방다운 복장이라 할 만하다.

"어? 뺀질이다."

주현아가 날 아는 체하자 골통 3인방 나머지 둘의 시선도 나에게 몰린다.

"얘 좀 봐. 너 무도회장 가니?"

"뺀질이, 복장 예술이다?"

너희에게 내 복장에 대해 이러쿵저러쿵 듣고 싶은 마음은 추호도 없거든.

"선배님들은 저녁에 클럽 가실 생각인가 봐요?"

"얘 확실히 우리 과라니까."

"복장이 좀 구리긴 해도 데리고 다닐 만은 하겠다."

"너도 갈 생각 있어?"

내 비꼼을 존경의 뜻으로 받아들이는 거냐?

3인방과 더 얘기해 봐야 머리만 아플 것 같다.

이럴 땐 피하는 게 상책.

"아니……에요. 선배들끼리……."

"누가 아침부터 후배를 괴롭히고 있지?"

'아침부터 재수 없게 저 자식은 또 왜 나타나는 거야!'

빈대 같은 열혈남아 최종민이 불쑥 나타나 소리친다.

한데, 좀 이상하다. 지금까지 이 녀석이 나타나는 건 눈 감고도 알 수 있었다.

최종민은 기운이 남들과 달리 엄청 강했다.

찬찬히 그를 살펴보니 일반인들과 다를 바 없이 평범하다.

'주화입마를 당해서 기를 몽땅 잃은 건가?'

하지만 얼굴색이 좋은 걸 보면 그런 것 같지는 않다.

"조, 종민이구나."

"우리가 뺀질이를 왜 괴롭히겠어?"

"그럼, 그럼."

얘네들이 왜 이래?

종민이 나타나자 셋은 아는 얼굴인지 꽤 당황한다.

특히나 백미희는 고개까지 숙인 채 새색시처럼 다소곳하다.

'설마 이 자식을 좋아하는 건가?'

그들의 행동에 절로 웃음이 나온다.

"너 괜찮냐?"

"니 눈에는 우리가 싸우고 있는 걸로 보이냐?"

"니라니! 난 선배란 말이다."

"시끄럽고. 이 선배님들이 요즘 힘든 일이 많은 것 같으니까 고민 좀 해결해 줘."

"그래? 그렇다면 당연히 내가 도와줘야지."

"우리가 언……."

"선배, 여기 있는 이 사람이 도와줄 거예요. 그러니까 천천히 아주 천천히 얘기해 봐요. 알았죠?"

윙크까지 하며 얘기를 하자 백미희는 단박에 내 의도를 알아챈다.

"응~ 고마워."

난 고마워하는 백미희와 정의감에 불타오르고 있는 최종민을 뒤로하고 교문으로 들어갔다.

소풍의 목적지인 춘천 남이섬으로 가는 관광버스 안은 학생들의 조잘거림으로 시끄럽다.

"내가 맛있는 것 싸왔으니까 은경이랑 같이 점심 먹자. 그리고……."

물론 제일 시끄러운 애는 옆에 앉은 안수진이다.

"이거 나눠 먹자."

"됐어. 너나 많이 먹어."

계란을 잘못 삶았는지 흰자가 삐죽이 터져 있는 것들이

눈에 보인다.

그리고 시대가 어느 땐데 계란이 뭐니?

안수진 앤 도대체 속을 모르겠다.

나의 쌀쌀맞은 태도면 나라고 해도 재수 없다고 떨어져 나갈 텐데 속이 없는 건지, 성격이 좋은 건지 계속 붙어 있다.

"히잉~ 엄마가 친구와 먹으라고 새벽부터 준비해 주신 건데⋯⋯."

또, 또! 애기 같은 표정이다.

그나저나 수진이 엄마도 어지간히 요리와 담을 쌓았나 보다.

나도 할 수 있는 계란 삶기를 저 지경으로 하는 걸 보면 말이다.

"너희 엄마 외국에 출장 가셨다며?"

뒷자리에 앉아 있던 은경이 고개를 삐죽 내밀며 묻는다.

"응, 어제 오셨다가 새벽에 계란하고 김밥 만들어 주시고 다시 가셨어."

"설마! 그것 때문에 오신 거야?"

"몰라."

수진이 엄마는 왠지 계란과 김밥 때문에 잠깐 들렀다 다시 나갔다는 생각이 든다.

"하나 줘봐."

"응! 은경이도 줄까?"

"응, 고마워."

수진이 건넨 계란을 보니 고아원 원장님이 생각난다.

나에게는 어렵고도 엄하게만 보이던 원장님.

그분은 소풍 때가 되면 항상 아이들에게 계란과 김밥을 싸주셨다.

고등학교 땐가?

계란과 김밥이 싫다고 그냥 가려는 나에게 오천 원을 호주머니에 넣어주셨다.

'그때 뭐라고 하셨더라?'

다른 사람들의 많은 기억을 가지고 있고 그것을 기억하는데 그때 원장님이 내게 하신 말씀은 가물거린다.

차명계좌에서 자동이체로 한 달에 얼마씩은 빠져가게 해뒀는데 조만간 한 번 방문을 해야겠다.

탁!

"아얏! 뭐하는 거야?"

난 수진의 단정한 머리에 계란을 쳐서 깨뜨렸다.

그리고 껍질을 벗겨 소금에 찍어 한입 베어 문다.

"맛있네."

어렴풋한 추억의 맛.

그때는 왜 몰랐을까?

이 작은 계란 안에 사랑과 정성이 들어가 있다는 걸.

"에잇!"

수진도 계란을 들고 내 머리를 때리려 한다.

피하는 거야 우습지만 이럴 땐 머리를 빌려주는 것도 나쁘지 않다.

근데, 약간 불안감이······.

퍽!

탁이 아니라 퍽소리를 내며 터지는 계란.

덜 익은 계란의 파편이 사방으로 튄다.

"아~ 뭐야?"

"안수진! 너 뭐하는 거니?"

"······."

주변에 있던 같은 반 애들이 파편에 맞고 고래고래 고함을 질렀지만 가해자인 수진은 입만 벙긋거리며 내 얼굴만 쳐다본다.

'이 아줌마 도대체 계란을 어떻게 삶은 거야!'

계란에 대한 또 하나의 추억이 만들어졌다.

◆　　◆　　◆

배를 타고 들어가는 남이섬의 선착장은 학생들로 북적인다.

그리고 관광버스를 쫓아온 수많은 승용차에서 연신 짐을 내리는 양복 입은 사람들의 모습도 보인다.

학부모들이 선생님들을 위해 준비한 물건인가 보다.

"미안해, 지원아."

"그만해, 괜찮다니까 그러네."

수진이는 코알라마냥 내 옆에 붙어 계속 미안하다는 소리만 반복한다.

"그래도……."

"배 왔다, 타자."

학생들이 한꺼번에 탈 만큼 큰 배가 아니어서 빨리 타지 않으면 또 기다려야 했기에 수진을 데리고 배에 올랐다.

배에서 바라본 남이섬은 꽤 운치가 있어 보인다.

"입구에서 반별로 모여 인원 체크를 먼저 할 거니까 대기들 하고 있어라."

배가 도착하기 바로 직전, 학생주임 선생님이 배 전체에 울릴 만큼 쩌렁쩌렁한 목소리로 외친다.

"후우읍~"

배에서 내려 자연스레 숨을 들이킨다.

청량한 공기와 자연의 내음이 남이섬의 첫인상이다.

입구에는 학년과 반별로 모인 학생들로 인산인해다.

잠시 후, 아이들이 다 모이자 담임 선생님이 인원을 확인하고 말한다.

"모두 모였네. 그럼 이제부터 자유 시간을 갖도록 하자. 특히 학생의 본분을 잊지 말고 행동하고 오후 3시에 이곳으로 모이도록, 이상."

초등학교 때처럼 모여서 장기자랑이나 보물찾기를 하지 않고 자유 시간을 주는 것이 고등학교 소풍의 가장 큰 장점이다.

초등학교 저학년 때는 아이들의 부모님도 참석을 하는 경우가 많았는데 그럴 때마다 부러움에 고개를 숙일 수밖에 없었다.

"지원 학생?"

"네?"

낯선 사내가 뭔가를 들고 다가온다.

"이거 회장님이 학생에게 전해주라고 했어."

명숙이 누나가 소풍이라고 지원이 몫까지 챙겨줬나 보다.

꽤 묵직한 걸 보니 신경을 많이 쓴 모양이다.

"감사하다고 전해주세요."

"그래, 들고 다니기 불편하면 점심시간에 줄까?"

"아뇨, 들고 다닐 만한데요."

거절하지 않았다.

그냥 목숨 구해준 값이라고 생각하면 서로가 편했다.

누군가가 날 쳐다보는 느낌에 보니 김명숙 회장의 딸인 장미나가 내 쪽을 바라보고 있다.

장미나와 얘기를 나눠본 적은 없었지만 명숙 누나의 기억을 읽어보면 장미나가 이지원을 싫어하는 것 같지는 않았다.

다만 엄마가 친하게 지내라고 하니 반발심에 무시하고 있는지도 몰랐다.

음식에 대한 고마움에 살짝 고개를 까닥이니 팽하니 돌아선다.

'하여간 여자들이란.'

많은 여자들의 기억을 가지고 있음에도 도무지 이해가 되지 않는다.

하긴 이해를 하면 내가 게이거나 여자다.

"사진 찍자!"

수진과 은경 이렇게 셋이서 나무가 우거진 길을 걷다보니 조각상이 몇 개 보인다.

그러자 수진이 사진을 찍자며 손을 잡아끈다.

이미 많은 학생들이 각종 포즈로 사진을 찍고 있었고 순서를 기다리는 애들도 있었다. 괜스레 귀찮다.

"지금 사람 많으니 나중에 찍자."

"너 그 핑계로 안 찍으려는 속셈이지?"

"응."

"안 돼! 남는 건 사진뿐이라고."

결국 은경과 수진에 손에 이끌려 순서를 기다려 사진을 찍는다.

"우와! 지원이 사진 잘 받는다."

"어디, 어디."

찍은 사진을 돌려보던 수진이 호들갑을 떤다.

윤승호로 사진을 찍어본 게 몇 번인데 어떻게 해야 잘 나오는지 빠끔이다.

"사진 안 찍는다고 하더니 포즈는……."

"이왕 찍는 거 잘 나와야지."

"우리 셋이 찍으면 좋을 텐데."

"그래? 그럼 찍어달라고 하지, 뭐. 어이~ 스토커 선배 사진 좀 찍어줘요."

아까부터 날 쫓아오고 있는 정상욱을 불렀다.

"누, 누가 스토커라는 거야?"

나무 뒤에서 나타나는 정상욱은 스토커처럼 카메라를 들

고 있었다.

난 그의 기억 중 DVD방에 대한 기억을 삭제시켰다.

왕따를 당했지만 꽤 머리 좋고 똑똑한 학생이었는데 변태 학생으로 바뀔까 싶어 경찰 조사가 끝난 다음 바로 행동에 옮겼다.

하지만 무엇이 잘못됐는지 이번에는 아주 스토커처럼 날 뒤쫓는다.

"아님 말고요. 사진이나 찍어줘요."

"누구야?"

"우리 학교 2학년 정상욱 선배. 여기는 제 친구들인 안수진, 서은경."

"안녕하세요, 선배님."

"안녕하세요, 선배님."

"으, 응. 만나서 반가워."

이렇게 우리 일행에 사진사로 정상욱이 합세했다.

"선배는 어떻게 지원이를 알았어요?"

"옥상에서 처음 보고, 그 다음 시험 끝나고 한 번 봤어."

"아! 시험 끝나고 바쁘다고 하더니…… 선배랑 데이트한 거예요?"

"그, 그렇지."

"데이트는 무슨!"

내가 발끈해서 소리쳤지만 수진과 상욱은 상관없다는 듯 대화를 이어간다.

"지원이를 쫓아다니는 것 같은데 지원이 어디가 좋으세요?"

"그, 글쎄, 그건 잘 모르겠어. 그냥 보고만 있어도 가슴이 막 뛰어."

우웩! 혹시나 해서 듣고 있었는데 이 변태 자식을 내버려두면 안 될 것 같은 예감이다.

"어머! 선배도 그래요? 나도 그런데. 헤헤!"

한술 더 뜨는 안수진.

은근히 둘이 잘 어울린다.

더 듣다가는 나도 변태가 될지도 모른다는 생각에 둘의 대화에서 신경을 껐다.

"지원아, 걷는 거 안 힘드니?"

불쑥 옆에 나타나며 말을 거는 은경이.

난 얘가 은근히 무섭다.

아마 은경이가 암살자로 나선다면 막을 사람이 없을 것이다.

'얘한테 무술을 가르쳐 암천회원들을 암살시키면 대박일 텐데.' 라는 헛생각마저 든다.

"그럼, 자전거나 탈까?"

자전거가 길게 늘어선 자전거 대여소가 눈에 보여 말했다.

"그렇게라도 하자."

"꺄아~! 나도 탈래."

수진이가 팔짝 뛰면서 좋아한다.

"아저씨 자전거 네 대 대여…… 왜?"

"난 자전거 못 타."

막 자전거를 빌리려는데 수진이 내 손을 붙잡곤 자전거를 못 탄단다.

"못 타면 걸어."

"히잉~ 저거 같이 타자."

수진이 가리키는 건 커플 자전거.

난 정상욱을 보며 말했다.

"선배가 수진이 데리고 커플 자전거 좀 타요."

"내, 내가 왜?"

좋으면서 웬 내숭이람.

"싫어! 난 너랑 탈 거야."

"에잇! 귀찮아. 그럼 그냥 걷자."

"나 다리 아프다니까……."

이것들이 정말로 사람 짜증나게 하는군.

유령과 같은 학교 생활은 이미 물 건너간 것 같으니 성질대로 생활해 버려?

"어머, 지원이 아니니~?"

이 코맹맹이 잔뜩 낀 목소리는 또 뭐야?

돌아보니 백미희가 주현아와 김진아의 부축을 받고 절뚝거리며 다가온다. 그리고 그 옆에 최종민이 함께 있다.

백미희의 다리에 붙은 밴드와 붉은색 케첩을 보니 대략 견적이 나온다.

"어쩌다가 다쳤어요?"

"어쩌다 보니. 너도 자전거 타려고?"

"그럴까 해서요. 선배도요?"

"응, 남이섬 구경을 못해서 속상해 하니까 종민이가 태워 준대."

"흠! 약자를 돕는 건 당연한 일."

살짝 내 눈을 피하면서 헛소리를 하는 최종민.

"너도 남자였구나."

"너라니! 그리고 당연히 난 남자라고."

그래, 그래. 누가 너 보고 여자랬니?

그리고 약자를 돕는 건 당연하다고?

코알라 같은 수진을 보니 약자처럼 생기긴 했다.

편하게 마음먹기로 했다.

비록 두 개의 인생을 살고 있지만 즐겁게 사는 게 좋다.

"그럼, 우리도 타볼까?"

"까아~! 좋아!"

"후~ 후~"

자전거 페달이 보이지도 않게 빠른 속도로 돌아간다.

"지, 지원아! 처, 천천히 달려."

뒤에서 겁에 질린 수진의 목소리도 지금 내 귀에는 '더 빨리 달려.'라는 소리로밖에 들리지 않는다.

지금 나에게 보이는 건 오직 바로 앞에서 먼지를 날리며 달리는 한 대의 커플 자전거만 보일 뿐이다.

수진과는 다르게 '오빠 달려!'를 외치는 백미희와 무식하게 하단전의 기를 다리에 보내 페달을 밟고 있는 최종민이 탄 자전거였다.

끼이이익!

"위, 위험해!"

"야 이놈들아! 자전거를……."

사람들이 비명을 내지르거나 소리를 질렀지만 그 마저도 금세 멀어지며 들리지 않는다.

일이 이 지경이 된 건 순전히 저 무식한 종민이 때문이다.

나와 수진, 종민과 미희는 커플 자전거를, 나머지는 그냥 자전거를 타고 남이섬을 달렸다.

처음엔 주위 경관을 구경하며 천천히 다녔다.

하지만 우리가 탄 자전거가 살짝 앞으로 나가자 휑하니 페달을 밟더니 앞지른다.

그런 상황이 몇 번 반복됐다.

물론, 그럴 수 있다.

그 정도 유치한 싸움에 내가 굳이 발끈할 필요는 없으니까.

"종민이는 자전거를 정말 잘 타는구나?"

"물론! 난 자전거로 누구에게 져 본 적이 없어. 특히나 나보다 어린애들에겐."

"그럼, 속도를 높일까?"

"쫓아오지도 못할 걸?"

앞에서 알짱거리며 말하는 둘의 대화 중 마지막 말에 울컥 뭔가가 치솟았다.

"좋아! 저녁까지 모든 비용 대기 시합이다."

"푸하하! 도전을 받아주지."

난 녀석의 자전거를 앞질러 나아갔고, 곧 뒤쫓는 녀석을 떨쳐 버리려고 열심히 페달을 밟았다.

한데, 놈이 먼저 내공을 사용하여 앞질렀고, 그때부터 나도 내공을 사용했지만 딱 그 간격이 지금 벌어진 간격이 돼버렸다.

하지만 곧 끝이 날 것이다.

종민은 무리를 했는지 기가 서서히 떨어지는 것이 느껴진다.

나야 끊임없이 계속 빨아들이고 있으니 오히려 힘이 남아돈다.

다만 자전거가 더 이상 버티지 못할 지경이라 더 이상 속도를 못 내고 있는 것이다.

"저기 애들 보이는 곳이 끝이다. 헉헉!"

헉헉거리며 말하는 종민의 앞으로 뒤쳐졌던 일행이 보인다.

하여간 없는 룰을 만들어서라도 이기려는 종민을 보니 더더욱 지기 싫었다.

난 선도법 3단계에서 4단계로 바꿨다.

그리고 지금까지 열심히 흡수해 두었던 기를 자전거 체인으로 보냈다.

그리고 더욱 빨리 페달을 밟았다.

"이익!"

"바보!"

어느새 같은 위치에 서게 된 자전거.

힘든 표정이 역력한 그에게 비웃음을 날려주고 종민이 결승점이라 칭한 지점을 먼저 통과한다.

"푸호호호호호호!"

호탕하고 박력 있게 웃고 싶었지만 지원의 목소리로는 카랑카랑한 고음의 웃음만 나온다.

하지만 이겼으니 상관없다.

"크~ 내가 지다니. 헉헉!"

"수진아!"

하지만 이겼다는 승리감도 잠시 수진이 바들바들 떨며 자전거에 매달려 있다가 힘없이 떨어진다.

재빨리 받았지만 빠른 자전거에 떨어지지 않게 붙어 있느라 모든 힘을 소비했는지 추욱 늘어진다.

"은경아, 빨리 돗자리 펴!"

"아, 알았어."

돗자리에 수진을 눕히고 팔다리를 주무른다.

"기 좀 팍팍 넣어줘."

잔디밭에 누워 있던 종민의 말에 잠시 뭔 소리인가 하다가 기를 두르고 수진을 주무르자 잠시 후 깨어난다.

"괜찮아?"

"으응. 미안해."

"내가 오히려 미안하지."

한참을 주무르자 그제야 하얗게 질려 있던 얼굴에 혈색이 돈다.

"이제 됐어, 지원아."

"좀 더 있어봐."

"괜찮아, 너무 힘을 많이 줘서 그런가 봐. 이제는 배가
너무 고프다."

"그래? 그럼 밥 먹자."

김명숙 회장이 준 보따리는 자전거 뒤에 매어 있었다.

풀어서 펼쳐 놓으니 이건 도저히 한 명이 먹을 분량이 아
니다.

찬합 칸칸마다 요리 수준의 음식이 들어 있다.

"우와! 맛있겠다."

비록 이리저리 흔들리며 모양은 좀 그랬지만 맛있는 냄새
에 종민이 호들갑이다.

그러고 보니 은경이도, 골통 3인방도, 종민과 상욱이도
다들 사먹을 생각으로 왔는지 도시락이 없었다.

나도 그럴 생각이었으니 할 말은 없다.

"은경아, 같이 먹자. 선배들도 같이 먹어요."

"그럴까?"

"그래도 될까 모르겠네……."

내 말이 떨어지기가 무섭게 한마디씩 던지며 자리를 잡고
앉는다.

이런 일을 예상이라도 했다는 듯 김명숙 회장이 싸준 도
시락에는 수저와 젓가락도 충분했다.

"음~ 맛있다."

"정말 무슨 요리 같다."

다들 한마디씩 하며 먹는데 수진이는 조용히 젓가락질을

할 뿐이다.

"넌 도시락 왜 안 꺼내?"

"으, 응. 좀 있다."

"빨랑 꺼내. 엄마가 직접 싸주신 거라며."

주춤거리며 꺼내는 수진의 도시락도 제법 컸다.

친구들과 나눠 먹으라고 넉넉히 싼 모양이다.

계란과는 다르게 김밥과 과일은 꽤나 먹음직스러웠다.

"잘 먹을게."

난 김밥을 하나 들어 입에 넣었다.

김명숙 회장의 도시락이 호텔의 요리 수준이라면 수진 엄마의 김밥은 정말 엄마 김밥 그 이상도 이하도 아니다.

"맛있다."

"그래? 헤헤!"

김밥이 맛있다고 해서일까?

수진은 환하게 웃으며 김밥을 먹는다.

"이것도 먹어보자."

식성 좋은 종민이 수진 엄마의 김밥을 입에 넣고 우물거린다.

그 모습을 마치 심사를 받는 사람처럼 쳐다보는 수진.

"이거 엄마가 싸준 김밥이잖아. 맛있다!"

그 소리에 수진의 도시락엔 젓가락이 오고 간다.

"진짜. 딱 그 맛이다! 호호."

"그러게, 초딩 때 먹던 그 맛이다."

다들 웃으며 수진 엄마의 김밥을 먹자, 수진이도 덩달아 기분이 좋아진다.

'어린 것들이 벌써부터 추억을 먹는 거냐?'

나도 빙그레 웃음이 나왔다.

기억 속의 김밥도 차에서 먹던 계란의 맛과 비슷했다.

원장님이 싸줬던 도시락을 생각하며 난 수진의 도시락에서 다시 김밥을 꺼내 입에 넣고 앙 문다.

'짜다!'

이 아줌마 단무지를 두 개 넣었다.

아무튼 추억 브레이커(Breaker)라 불릴 만한 수진이 엄마다.

"여기는 단무지가 두 개다! 하하하!"

"에엑! 진짜네."

"여기는 햄이 두 개야! 호호호!"

이러니저러니 해도 도시락은 금세 바닥을 보이기 시작한다.

따사로운 햇살 아래서 남이섬의 풍경을 바라보고 먹는 점심은 또 다른 추억을 만든다.

8.
찌릿함은 운명?

　10월 중순 천국의 신화 첫 방송을 이틀 앞두고 간만에 촬영이 없었다.

　모처럼만에 휴일이지만 딱히 할 일이 없어 선도술로 몸을 푼 후, 소파에 앉아 멍하니 TV를 보고 있다.

　―바보야, 넌 바보야! 내 마음도 몰라주는♬ 바보야, 넌 바보야! 내 사랑도 몰라주는♬

　연채가 속한 여성 그룹, 헤이걸즈(Hey girls)가 이번엔 새로 낸 싱글 앨범에 있는 노래가 들린다.

　"웬 전화지? 여보세요?"

　―승호니? 나 봉호다.

　"네, 무슨 일 있어요?"

　봉호 형은 헤이걸즈의 매니저였다.

그의 목소리에서 난 연채가 이상이 생겼다는 걸 알 수가 있었다.

—별건 아니고. 무대에서 미끄러지며 연채가 다리를 좀 다쳤어.

"얼마나요?"

—발목뼈에 금이 갔어. 그래서 병원에 들렀다가 집에 데려다 주려니까 네 집으로 간다고 해서 집에 있나 전화해 본 거야.

"있어요! 지금 어디에요?"

—한 10분 정도 걸릴 거야.

연채가 다쳤다는 말에 순간 가슴이 철렁했다.

다행히 크게 다친 것 같지 않았지만 괜스레 안절부절못하게 된다.

내가 윤승호와 일체화가 된 이후 가장 바뀐 것은 역시나 가족들에 대한 생각일 것이다.

윤승호의 몸을 차지했지만 가족들을 만나기가 어색했고, 연채의 경우는 어린 동생이라 마냥 예쁘기만 했었다.

하지만 지금은 그들이 내 가족이라는 것에 한 치의 의심도 없었다.

"괜찮아? 얼마나 다친 거야?"

"호들갑 떨지 마. 그냥 약간 삔 것뿐이니까."

차에서 목발을 짚고 내리는 연채를 본 순간 나도 모르게 걱정스럽게 물었지만 돌아오는 말은 언제나처럼 연채다웠다.

"괜찮으면 바로 연락할게요."

이제 막 두 번째 앨범을 내고 반응이 뜨거운 이때 연채의 부상은 헤이걸즈와 소속사로서는 꽤나 가슴 아픈 일일 것이다.

그래서인지 동료들과 봉호 형에게 인사를 하는 연채의 목소리에는 미안함이 가득했다.

나야 그런 것과 전혀 상관없다.

일단 내 동생이 중요하지 스케줄 따위는 내 알 바가 아니었다.

"휴~! 오빠, 마실 것 좀."

테이블에 발을 올린 채 음료수를 마신 연채는 소파에 머리를 기댄 채 눈을 감는다.

맞은편에 앉아 연채를 물끄러미 쳐다본다.

젖살로 통통하던 볼은 어느새 홀쭉해지고 건강미 넘치던 몸은 어디를 갔는지 점점 말라깽이가 되어 간다.

연예인이라면 다들 자신을 관리하는 것에 많은 노력을 한다.

젊은 남자라면 초콜릿 복근을 만들어야 하는 시대였고, 여자라면 날씬한 몸매를 만들어야 했다.

하지만 TV에서 볼 때 잘 빠졌다는 몸매는 실제로 보면 말라깽이 그 이상도 이하도 아니다.

특히나, 요즘 TV를 장악하고 있는 아이돌 여가수들의 경우는 하의실종 패션이 대세다 보니 식이요법이라 불리기도 민망할 정도로 굶는 경우가 태반이었다.

조금만 통통해도 인터넷에 '돼지'라는 악플이 달리니 더욱 미친 듯이 살을 뺀다.

또한, 조금이라도 더 다리가 길어 보이게 하기 위해 높은 힐(Heel)을 신고 춤을 추는데 각종 관절에 그것보다 나쁜 것은 없다.

'아무리 자기가 좋아서 하는 일이라곤 하지만 너무 가혹하군.'

"피곤해, 잠깐 쉴게."

"그래, 방에 가 있을 테니까. 필요한 거 있으면 불러."

한쪽 팔로 눈을 가리고 말하는 품새를 보아하니 잠시 자리를 비켜줘야 했다.

"……흑! 으흑!"

방에 들어왔음에도 바로 옆에 있는 듯 연채가 우는 소리가 들린다.

아파서? 동료들에게 미안해서? 아님, 자신이 약한 것에 대해 분해서?

어떤 이유에서 우는지 생각만 해본다.

하지만 지금 우는 건 온전히 연채의 몫이다.

난 나중에 그냥 평소처럼 대하면 된다.

한참을 울더니 잠이 들었는지 조용하다.

"하하! 녀석하곤."

소파에 기댄 채 잠든 연채는 화장을 하고 울어서 판다가 되어 있었다.

이불을 연채에게 덮어주고 그녀의 다친 다리 쪽으로 가서 앉았다.

기가 사람에게 어떤 영향을 끼치는지는 아직 잘은 모르지만 현재 연채의 몸에 기운이 다른 이와 다르다는 건 확실히 알 수 있었다.

특히나 발목 부근은 많은 열이 뭉쳐 있다는 느낌이다.

연채에게 점핑을 해 기억을 읽지 않고 선도법을 행할까도 싶었지만 동생의 몸까지 차지하고 싶은 생각은 없었다.

마카오에서 기를 유형화시켜 슬롯머신을 움직인 적이 있었고, 소풍 가서 탈진한 수진을 주무르면서 응급처지에 대해 나름 생각하게 되었다.

그래서 최근 혈(穴)에 대해 촬영 틈틈이 공부를 하고, 유명 한의사에게 점핑해 나름 많은 지식도 얻었다.

그래서 발로도 충분히 내 기를 전달할 수 있다는 자신감도 한몫했다.

살짝 연채의 두 발에 두 손을 올리고 온몸으로 기를 받아들이며 연채의 발로 기를 전달한다.

발에는 많은 경혈(經穴)이 존재한다.

양구, 족삼리, 충양, 함곡, 삼음교, 혈해, 행간, 용천, 음곡 등등.

또한 이러한 혈은 소화, 혈액순환, 비뇨, 발육, 생식, 오장육부 등 모든 신체에 관련된 작용을 한다.

전달된 기는 연채 발의 혈을 지속적으로 자극하며 몸을 따라 자연스럽게 흘러가도록 하고, 발가락부터 바닥까지 고루고루 자극한다.

처음 시도해 보는 것이라 약간의 시행착오를 겪어야 했지만 시간이 갈수록 익숙해진다.

발에 있는 혈을 통해 조금씩 흘러가던 기가 연채의 몸을 꽉 차오를 때까지 계속하다 멈춘다.

연채의 몸에 머물지 못하고 사라질 기(氣)지만 일부나마 남아 그녀를 조금이라도 건강하게 만들어줄 것이다.

"이거 꽤나 힘든데."

심력을 꽤나 소모했는지 간만에 힘들다는 느낌이다.

하지만 땀을 흘리면서도 나지막이 코를 골면서 편히 잠든 연채를 보니 뿌듯하다.

연채가 내 집에 머문 이유는 부모님이 걱정하실까 봐 그런 것이다.

작년에 내가 사고를 당했는데 올해 연채마저 다쳤다고 하면 당장 연예인 생활을 그만두라고 하실 게 분명했다.

아니나 다를까, 발목을 다쳤다는 얘기를 전하자 당장 달려오시겠다는 것을 별일 아니라고 겨우 막을 수 있었다.

하지만 연채가 집에 머물면서 지원과 만나는 것을 어떻게 해야 할지 고민해야 했다.

내가 있을 때는 별문제가 없겠지만 촬영을 나가고 나면 연채가 어떻게 돌변할지에 대한 걱정이 컸다.

불쌍한 아이라고 말해봐야 오히려 역효과만 날 것 같아 잘해 주라는 한마디 말만 했을 뿐이었다.

연채가 볼 땐 지원이지만 이지원도 나였기에 연채에게 구박받고 싶은 생각은 없었다.

"지원이라고 했지? 앞에 앉아 볼래?"

아니나 다를까 내가 나가자 당장에 이지원을 부르는 연채다.

일요일이라 학교를 간다는 핑계도 댈 수 없는 상황.

뭐, 어차피 한 번은 겪어야 하니 빨리 겪는 것도 나쁘진 않았다.

"예전에 한 번 보고 어제 두 번째 봤지만 이렇게 얘기해 보는 거는 처음이다. 그치?"

"……네."

"음, 지금부터 내가 하는 말 오해 없이 들어줬으면 해."

'무슨 말을 하려고 이렇게 뜸을 들이는 건지. 쩝!'

"혹시, 오빠가 너에게 잘해줘?"

"……네. 잘해주세요."

"다행이네. 그럼 혹시 너에게 찝쩍댄다거나……."

"그런 거 없어!……요."

이 계집애가 오빠를 어떻게 보고.

지난번에는 나에게 묻더니 지원에게까지 묻는 저의가 뭐야!

"그래? 휴~"

웬 안도의 한숨이냐? 네가 정녕 오빠에게 맞고 싶은 게냐?

"앞으로 혹시, 혹시라도 그런 일 생기면 나에게 전화해,

알았지? 오빠가 사람은 좋은데 간혹 여자를 보면 앞뒤 생각
안 하고 행동할 때가 있거든. 그럴 땐 일단 무조건 피해. 그
리고 나에게 전화하면 내가 당장 달려올게."

"⋯⋯."

"너무 걱정 마. 진짜 오빠가 그럴 사람이 아니라는 거 나
도 잘 알아. 하지만 만에 하나라는 얘기가 있잖아. 앞으로
날 언니로 생각하고 잘 지내자, 알았지?"

'내가 지금 걱정하는 걸로 보이냐? 하도 어이가 없어 벙
찐 얼굴이다 이 계집애야!'

빽! 하고 소리라도 질러주고 싶은데 차마 그럴 수가 없었
다.

한편으론 오빠를 생각하는 마음이 갸륵한데 다른 한편으
로는 아주 이가 갈린다.

"네. ⋯⋯언니."

"그런데 너 정말 피부 곱다. 화장품 뭐 써? 어머! 운동하
니?"

윽! 이리저리 더듬는 연채 때문에 이대로 있다가는 산통
깨지는 일이 발생할 것 같다.

"참! 내가 발마사지 하는 법을 아는데 해줄게⋯⋯요."

"그래? 어젯밤 오빠도 발마사지 해주던데 너도 할 줄 알
아?"

"그럼요. 제가 가르쳐 준 건데요."

"정말? 기분 정말 좋던데. 그 덕분인지 다리도 한결 좋아
졌어. 이대로라면 며칠 안에 깁스를 풀 수 있을 것 같아서

오빠가 늦게라도 오면 해달라고 하려 했는데."

"자, 편하게 누워보세요."

"발마사지 힘들어 보이던데…… 오빠 오면 해달라고 할게."

말은 그렇게 하면서도 소파에 편하게 눕는다.

"내가 빨리 나으면 나중에 맛있는 거 사줄게."

방긋 웃으며 말하는 연채.

다행히 연채는 지원을 미워하고 있지는 않은 모양이다.

그냥 오빠가 이상한 소문에 휩싸일까 걱정하는 여동생이었다.

"승호야, 도착했다."

반쪽으로는 연채의 발마사지를 하면서 또 다른 반쪽인 난 이제 촬영에 들어가야 했다.

오늘의 촬영 장소는 서울 성북동 근처의 산 밑에 있는 고즈넉한 카페였다.

이미 촬영팀은 도착해 있었고 오늘 상대역인 최미란은 아직이었다.

최미란은 천국의 신화에서 사각관계의 한 축으로 재벌 기업 딸 역할을 맡았는데 여배우답게 준비하는 게 많아 정각이나 되어야 도착을 할 것이다.

"안녕하세요, 감독……님?"

찌릿!

말을 하는데 갑작스레 느껴지는 찌릿함에 잠깐 머뭇거렸다.

"오! 어서 와! 잠깐 커피나 한잔하고 있어. 미란이는 금방 도착한다고 했어."

"예. 그럼 커피 한잔 마시고 있을게요."

지금은 커피보다도 카페 안에서 느껴지는 기운에 관심이 더 간다.

'이 느낌은 그 여자다!'

기를 축적하고 사람의 기운을 읽기 시작하면서 종민의 기운은 어떤지 잘 알고 있다.

종민과 비슷하면서 다른 느낌.

건물을 벽만 차서 날아오르던 그 여자의 기운이 분명했다.

딸랑~

문에 걸어둔 모빌 소리가 은은하게 들린다.

하지만 이어 들리는 여자 목소리는 그 모빌 소리보다 훨씬 맑고 청아하다.

"오늘은 드라마 촬영이 있어 영업을…… 그때 잊었던 볼일을 보러 왔어요?"

커피를 내리는 여자는 내 얼굴을 보더니 방긋 웃으며 묻는다.

청초하다, 아름답다, 섹시하다, 사랑스럽다, 깜찍하다, 귀엽다 등 미인을 칭할 때 사용되는 모든 수식어를 갖다 붙여도 어울리는 얼굴이다.

특히나 웃으면서 살짝 반달형으로 휘어지는 눈은 사람의 마음을 녹일 정도로 매력적이다.

"안녕하세요, 윤승호입니다."

"그런데요?"

막상 말을 건넸지만 할 말이 없다.

그때 우연히 한 번 본 사이였고, '혹시 저를 보면 찌릿함을 못 느끼세요.' 라 물을 수도 없었다.

"그날 밤, 집에는 잘 들어갔어요?"

내가 생각해도 웃긴 질문이 나온다.

"호호! 덕분에요. 설마 그때부터 절 쫓은 건 아니시죠?"

"아뇨, 아뇨. 전 오늘 촬영이 있어서 왔어요."

"아! 배우셨어요? 미안해요. 제가 TV를 보지 않아서 잘 몰랐어요. 하지만 이제 보니 무척 익숙한 얼굴이네요."

설마 윤승호의 얼굴을 못 알아보는 사람이 있으리라곤 생각을 하지 못했다.

내 입으로 말하가 쑥스럽지만 동네 슈퍼에 가도 내 얼굴이 찍힌 음료수와 세제가 있었다.

하지만 왠지 그녀가 모른다고 하자 그럴 수도 있겠다 싶다.

"커피 드릴까요?"

"예, 아메리카노로 주세요."

"잠깐 의자에 앉아 기다리세요."

의자에 앉아 그녀의 하는 양을 지켜본다. 다른 생각은 들지 않고 오직 그녀를 바라보는 것이 나의 전부인 것처럼.

나의 시선을 느낄 텐데 마치 아주 익숙한 일이라는 듯 신경 쓰지 않고 커피를 잔에 담아 온다.

"여기 있어요, 맛있게 드세요."

"저……."

"네?"

"절 볼 때마다 볼일이 있냐라 묻는데 혹시 그쪽도 절 볼 때마다 찌릿함을 느끼시나요?"

난 결국 묻고 말았다.

물론, 특별한 의미를 두고 한 말은 아니었다.

종민을 볼 때마다 역시 찌릿함을 느끼는데 그런 멍청이와 운명이니 뭐니 엮이고 싶은 생각은 없었다.

혹, 이 아가씨라면 모를까.

"호호호! 재미있는 분이군요. 지금 작업 거시는 거예요?"

"하하…… 그렇게 생각할 수도 있겠네요."

"호호호! 웃어서 미안해요. 전 그런 말을 하루에도 몇 번씩 듣거든요."

"아, 네~"

이 여자도 은근히 공주병이 있나 보다.

"정말 모르세요?"

"네?"

"음…… 표정을 보니 거짓말은 아닌 것 같군요. 그럼, 오늘 촬영은 몇 시에 끝나죠?"

뭘 모른다는 소리지?

참, 뜬금없는 여자다.

보아하니 종민의 누나 같은데 아무래도 집안 내력에 '멍함이 있나 보다.

"대략 10시쯤이면 끝날 거예요. 이곳 촬영 말고도 또 있거든요."

"좋아요. 10시 반쯤 이 건물 뒤쪽으로 쭉 올라가면 공터가 있을 거예요. 그곳에서 보죠. 혼자 오셔야 해요."

시내 촬영이라 충분히 가능할 것 같았다.

난 고개를 끄덕였고 그녀는 살짝 눈웃음을 보인 후, 자신의 일에 다시 열중한다.

딸랑~

"저도 커피 한잔 주세요."

천호준 감독이 카페로 들어오며 커피를 주문한 후, 앞자리에 앉는다.

"여기 커피 맛 괜찮지?"

"예, 향이 아주 좋네요."

"간혹 오는 곳인데 이번에 촬영한다고 하니 흔쾌히 응해 주시더라."

천 감독님도 은근한 눈빛으로 아가씨를 바라본다.

하긴 저 정도 미모면 당장 연예인 시켜도 괜찮을 얼굴이다.

"쩝! 아쉬워."

"뭐가요?"

"저기 저 아가씨 말이야. 몸매가 예술인데 얼굴이 좀 밋밋하잖아."

"네에~?"

나지막이 낮은 목소리로 말하는 천 감독의 말을 이해하지 못했다.

저 아가씨의 얼굴이 밋밋하다니?

연예계 생활로 눈이 하늘에 닿았거나 아님 안경을 새로 맞춰야겠다.

"감독님이 보기에 저 얼굴이 밋밋해요?"

"왜? 마음에 드는 얼굴이야? 흐흐! 하여간 취향 독특하다니까."

계속 알 수 없는 말만 하는 천감독.

그녀가 커피를 가져오는 모습이 보이자 입을 닫는다.

"여기. 맛있게 드세요."

"어휴~ 감사합니다. 제 제안은 생각해 보셨어요?"

"호호호! 전 성형수술까지 하며 연예인이 되고 싶은 생각은 없어요."

"크~ 제가 볼 때 하민 씨는 충분히 가치가 있다니까요."

"제안은 감사하지만 사양할게요. 그럼."

"마음 바뀌면 언제든지 연락해요."

그들이 대화를 할 때 난 하민의 얼굴을 뚫어져라 다시 봤다.

역시나 아름다운 얼굴. 어디 흠잡을 데가 딱히 없다.

한데, 밋밋하다니?

난 커피를 음미하며 마시는 천 감독을 이해 못하는 눈빛으로 바라봤다.

◆　　◆　　◆

촬영은 순조롭게 진행이 되었다.

카페 건물을 배경으로 몇 컷 찍고 다시 실내로 옮겨와 몇 컷을 촬영했다.

"평범하네. 특징이 없는 얼굴이랄까?"

"길에 가면 널리고 널린 얼굴이에요. 화장으로 커버해도 미인이 되기는 힘들어 보이네요."

하민을 보고 동수 형과 연하가 한 말이었다.

그제야 이상함을 느낀 난 하민의 얼굴이 아닌 기운을 살펴보게 되었다.

그녀의 근처에 있는 기운들이 마치 얼굴 속으로 빨려 들어가는 형태였다.

저런 식으로도 얼굴을 다르게 보이게 할 수 있는 건가?

나중에 한 번 실험해 보기로 마음을 먹었다.

"늦었군."

택시에서 내려 빠르게 불 꺼진 하민의 카페 옆에 있는 오르막을 뛰고 있다.

넉넉하게 생각하고 약속을 잡았지만 촬영이 늦어지면서 20분 정도 늦은 것이다.

가로등은 있었지만 불이 켜져 있지 않아 칠흑과 같은 어둠 속 넓은 공터.

하지만 어둠은 나에게 장애가 되지 못했다.

인기척과 어떤 기감도 느낄 수가 없다.

이리저리 맴돌며 그녀가 어디에 있는지 살펴본다.

평소 사람들이 운동을 하는 곳인지 한쪽으로는 운동 기구들이 줄을 맞춰 서 있고, 찌릿함이 그 뒤편에서 느껴진다.

"늦어서 미안해요."

숲이 시작되는 지점의 나무를 향해 말하자 잠깐 침묵이 흐른다.

'쳇! 나랑 숨바꼭질 하자는 건가?'

계속 나무 뒤에 숨어 있는 하민의 행태에 내심 투덜댄다.

"……제가 느껴진다는 게 사실이었군요?"

"물론이죠. 찌릿함은 사실이에요."

나무 뒤에서 나오는 하민은 검은 야행복에 두건으로 얼굴을 감싸고 있었다.

"왜? 그런 복장이죠?"

"밤에는 이 복장이 편하더라고요."

굳이 하민의 복장에 대해 이러쿵저러쿵 말할 생각은 없었다.

다만 복장에서 뿐만 아니라 그녀의 분위기에서도 은근히 나를 적대하고 있다는 것이 느껴진다.

종민 정도의 수준이라면 그녀가 적대적으로 나온다 해도 걱정이 없겠지만 그날 골목에서 본 그녀의 솜씨는 환상적이었다.

싸우게 되면 길보다 흥이 더 많을 것이라는 예감이다.

"험! 시간도 늦었으니 얼른 얘기를 끝내죠. 하민 씨는 절

볼 때마다 볼일이 있느냐고 물으셨는데 이유를 알고 싶어
요."

하민과 얼떨결에 약속을 했지만 딱히 뭔가를 물을 것도
없었고, 그녀에 대해 아는 바도 없었다.

막연히 '뭔가 있다.'라는 정도?

이곳까지 온 이유도 사실상 막연한 느낌 때문이었다.

물론, 예상이 되는 부분도 있다.

내가 배우고 있는 것이 선도법, 하민과 종민 남매가 배우
고 있는 것은 선음법.

소설에서 보는 서로를 적대하는 가문,

그런 게 아닐까 생각해 본다.

"음, 간단히 말하면 당신이 배우고 있는 그 무술은 저와
공존할 수 없는 곳의 무술이에요."

"역시 그런가요?"

"어머, 그 정도까지 유추를 하셨다면 여기는 왜 오신 거
죠?"

"그냥 막연한 느낌 때문에요. 찌릿함을 느끼는 이유도 알
고 싶었고요."

난 솔직히 말했다.

우연찮게 얻은 선도법이지만 그 효용성이 엄청났기에 좀
더 자세히 알고 싶다는 생각도 있었다.

"찌릿함은 저도 몰라요. 하지만 막연한 느낌이라는 건 알
수 있을 것 같아요. 당신을 처음 만난 날, 저도 막연히 당신
을 공격하고 싶지 않더군요."

"감사하군요. 당신이 배운 무술은 선음법인가요?"

"어머! 동생이 만났다는 사람이 당신인가 보군요."

"네."

딱히 틀린 말이 아니었기에 고개를 끄덕였다.

"동생이 선양법(仙陽法)을 배운 사람을 만나 싸웠다는 얘기는 들었어요. 사정을 봐줘서 고마워요."

"선양법요? 전 선도법을 배웠는데요?"

"그들은 선도법이라고 얘기를 하죠. 한데, 누구에게 배운 거예요?"

"길거리에 쓰러져 있던 노인을 구한 적이 있었죠. 그때, 그분이 고맙다며 전수해 줬어요."

"음~"

눈썹이 살짝 올라가며 생각에 빠지는 하민.

비록 거짓말이지만 그녀 나름대로 추측해 답을 만들어낼 것이다.

"그분이 누구인지? 어떤 말을 해줬는지 말해줄 수 있어요?"

"저도 몰라요. 저에게 선도법을 가르쳐 준 후, 바로 병이 악화되어 돌아가셨거든요."

"병이 악화되었다고요?"

"예. 항상 기침을 달고 사셨거든요."

"……특별히 기억나는 말은 없어요?"

하민의 말 간격이 길어지는 걸 보니 결정적인 한마디는 될 듯싶었다.

"합천? 암전? 아! 암천을 조심하라는 말을 했어요."

과거 차영호의 기억에서 읽었던 의문의 단어 암천회.

분명 이들과 관계가 있다는 생각에서 한 말이었다.

"……대략 짐작은 가요."

"그래요?"

"하지만 아직 당신을 완전히 믿을 수가 없군요."

"믿든 안 믿든 상관없어요. 사실이니까요. 그리고 찌릿함
과 막연한 느낌을 이제야 알 것 같네요. 하지만 저랑 전혀
관계없는 일. 이만 가봐야겠군요."

내가 알고자 하는 건 다 알았다.

암천회와 하민이 어떤 관계이든 내가 상관할 바는 아니었
다.

난 그냥 나대로 살면 되는 일이었다.

"잠깐! 이대로 가면 당신은 곧 암천회의 추적을 받게 될
거예요."

잠깐이라는 소리에 신경 쓰지 않고 뒤돌아 뛰려 했다.

하지만 암천회의 추적을 받게 된다는 말에 약간의 의구심
이 생겼다.

조용히 살고자 하는데 그들이 들이닥친다면 나야 상관없
지만 가족들이 다칠지도 모르는 일이다.

"무슨 말씀이죠?"

걸음을 멈추고 다시 돌아서 물었다.

"말 그대로예요. 당신의 단전에서 일렁이는 기(氣)를 감
추지 못한다면 암천회는 한 눈에 당신을 알아볼 거예요."

"기를 감춘다?"

"네, 당신의 말을 유추해 보면 선양법을 익히기만 했지 응용하는 법은 전혀 배우지 못한 것 같아요."

그녀 말이 맞다.

선도법에서 내가 필요로 했던 건 오로지 움직이지 못하던 내 육체를 고치는 것에 관련된 것이었다.

결국 실패했고, 최근에야 다른 필요성을 느끼고 있지만 막연하기만 하다.

그래서 조만간 차영호에게 점핑해 알아볼 참이었다.

"제가 당신께 기를 감추는 방법을 가르쳐 주겠어요."

"대가는?"

"간단해요. 저와 한 번만 싸워주면 돼요."

어려운 일은 아니다.

사실 그녀가 덤벼온다면 어쩔 수 없이 싸워야 하는 상황이다.

"그뿐인가요?"

"지금으로서는요."

"좋아요. 저로서는 손해 볼 것이 없는 제안이군요."

고민은 없었다.

차영호에게 점핑을 한다고 해서 선도법을 응용하는 법을 배운다는 보장이 없었다.

그의 기억은 워낙 감춰진 것이 많았다.

"시작할까요?"

선도법 3단계는 항상 행하고 있었다.

4단계는 좀 더 집중을 요하기에 차로 이동하거나 쉴 때 주로 사용했다.

빨아들이는 기는 상·중단전을 거치며 하단전에 내려와 쌓이고 하단전c 기는 온몸으로 퍼져 나가며 온몸을 감싼다.

그리고 이미 종민과의 결투에서 선음법의 기술을 겪었기에 쉽게 기가 빨려 나가지 못하도록 기를 단단히 만든다는 생각을 가진다.

"오세요."

선빵을 양보하는 하민.

사양하지 않았다.

선도술 1단계. 하지만 한 호흡에 2식씩 날리는 걸 잊지 않았다.

종민과는 차원이 다른 그녀였기에 방심할 수 없었다.

일반인이라면 한꺼번에 6개의 주먹이 날아오는 듯이 느껴질 정도로 빠른 공격이었음에도 하민은 적절히 막아온다.

움찔! 움찔! 움찔!

팔에 두른 기(氣)가 연신 움찔거리며 그녀에게 가려 한다.

하지만 종민 때와 다르게 단단히 뭉쳐진 기는 쉽사리 사라지지 않는다.

"동생이 얘기하던 것과 많이 다르군요."

"그런가요?"

왠지 여유를 부리는 것 같은 그녀의 모습에 약간 빈정이

상한다.

속도를 높였다. 선도술 2단계.

계속 들어오는 기가 온몸과 팔을 점점 더 단단하게 둘러지며 움찔거림도 약해진다. 그리고 속도가 높아지자 하민의 방어가 조금씩 뚫리고 있었다.

파악! 퍽!

결국 그녀의 방어를 뚫고 어깨를 노렸지만 그녀가 보법으로 피하는 바람에 애꿎은 나무만 박살을 낸다.

"선도술 2단계인가요? 그럼, 저도 다음 단계를 보여드리죠."

"선음술 2단계인가요?"

"글쎄요."

그녀의 분위기가 바뀐다.

아니, 그녀 주변의 기운이 바뀐다는 표현이 맞을 것이다.

블랙홀처럼 주변의 기가 그녀에게로 사라져 간다.

내가 기를 빨아들여 모은다면 그녀는 빨아들여 없애 버린다.

선양, 선음이라 불리는 이유를 조금이나마 알 수 있었다.

그녀가 없앤다면 난 모으면 그뿐.

선도술 2단계를 다시 그녀에게 펼친다.

내 팔과 그녀의 팔이 닿으려는 찰나 살짝 뒤로 손을 물리곤 다시 막는 하민.

과연 그런 식으로 한번에 9번이나 펼쳐지는 주먹을 막아낼지 의문이었지만 곧 내 생각이 잘못되었음을 알았다.

닿으려는 찰나 움찔하던 기가 그녀가 손을 뒤로 빼는 순
간 쭉 뜯겨 나가는 듯 사라진다.

그리고 다시 팔이 닿는 순간 또 한 번 주변의 기가 그녀
에게 빨린다.

"큭!"

그녀의 방금 한 동작으로 오른팔에 두른 기 대부분이 사
라져 버렸다.

그리곤 심장이 미칠 듯이 펄떡거린다.

선도술 2단계를 완전히 펼치기는커녕 단 1식도 제대로
펼치지 못하고 뒤로 물러선다.

하지만 선기를 잡은 하민은 곧장 다가온다.

종민과의 대결에서도 똑같은 상황이 벌어졌었다.

하단전에 올라온 기가 오른팔로 기를 보낼 때 왼팔의 기
가 그녀의 공격을 막느라 사라진다.

'기(氣)를 낚시하는 거냐?'

낚시꾼이 낚시하듯이 내 기를 뺏어가는 그녀가 얄밉게 보
인다.

그보다 문제는 심장이 터질듯이 뛴다는 것이다.

퍽!

결국 복부에 그녀의 일타를 허용했다.

상어에게 배를 물린 것처럼 몸을 감싸고 있던 기의 막이
뭉툭 사라졌고, 몸은 족히 4m를 날아 땅에 박히며 구른다.

난 운동 중인 지원을 침대에 눕히고 눈을 감았다.

온전히 나 하나의 세상.

그리고 선도법 4단계를 활성화시켰다.

순식간에 주변의 기가 요동치며 온몸으로 빨려온다.

세차게 뛰던 심장도, 사라졌던 앞쪽의 기막(氣膜)도 금방 원상태로 돌아온다.

"놀랍군요!"

내가 일어나자 그녀는 정말 놀랍다는 듯 눈이 커진다.

"하민 씨의 실력에 제가 오히려 놀랐는걸요. 다시 해볼까요?"

"잠깐만요, 선양법을 수련한 지 얼마나 됐죠?"

"……제가 20살 때 그분을 만났으니 올해로 7년이네요."

2년이 넘지 않았지만 기간을 조금 늘려 말했다.

"7년이라고요? 그런데 어떻게……."

좀 더 길게 잡을 걸 그랬나?

하지만 지금은 기간이 중요한 게 아니었다.

이제 내 모든 힘을 다해 그녀와 대결에 임할 생각이다.

그러나 김이 빠지게도 그녀는 더 이상 할 생각이 없어 보인다.

"선양법 2단계를 마스터한 건가요?"

"예."

3단계를 넘어 4단계를 수행중이라고 한다면 눈이 찢어질 것 같은 표정이다.

한데, 난 분명 3단계를 행하며 싸웠다.

하지만 그녀가 2단계를 완성했냐고 묻는 것은 내 실력이 그 정도밖에 되지 않는다는 말.

아직 갈 길이 멀다는 의미였다.

하민은 더 이상 싸울 마음이 없는지 생각에 빠져 있다.

"더 이상 할 말이 없다면 전 돌아가겠어요."

좀 더 싸워보고 싶지만 당사자가 싫다는데 어쩔 수 없다.

선도법을 4단계에서 3단계로 바꾸며 기를 감추는 법에 대해 들을 준비를 했다.

하지만 내 말에 정신을 차린 그녀의 입에선 전혀 엉뚱한 말이 나온다.

"저에게 선양법을 가르쳐 주세요. 전 선음법을 가르쳐 드리죠."

그녀에게 선양법이 필요한 이유는?

간절한 눈빛으로 말하는 하민을 보면서 머릿속으로 계산기를 두드린다.

선양법을 가르쳐 주고 선음법을 배운다면 나쁘지 않은 거래다.

하지만 누군가가 간절히 원하니 주기 싫어지는 이 마음.

"일단 생각할 시간을 주세요."

마음 같아선 일단 무조건 거절을 하고 최대한의 이득을 챙기려 했지만, 그녀의 눈빛에 마음이 약해진다.

"좋아요. 하지만 긍정적으로 생각해 주길 바라요."

"그렇게 하죠."

설령 거절한다고 해도 하민의 얼굴을 보고 거절할 생각은 없었다.

그 정도로 눈썹이 살짝 역팔자로 휘어진 표정은 매력적이었다.

◆　◆　◆

윤승호가 떠난 곳을 하염없이 바라보는 최하민의 등 뒤로 망원렌즈가 달린 장총(長銃)을 든 남자가 다가온다.

"일은 잘 해결됐냐?"

"혼자서 괜찮다는데 왜 나오셨어요?"

"허허! 과년한 딸이 야밤에 돌아다니는데 아빠가 걱정도 못하냐?"

최철민은 오히려 자신을 걱정하는 딸을 보며 허허거린다.

"그때, 그놈이지?"

"네."

최철민은 항상 자신의 딸이 밖으로 나가면 따라다녔다.

그리고 그녀가 싸우는 곳에서 멀리 떨어진 지점에서 저격용 총을 들고 그녀를 보호하려 했다.

젊은 시절만큼은 아니어도 아직까지 사격에는 자신이 있는 그였다.

비록 걱정돼서 따라다니긴 했지만 한 번도 그녀를 쓰러트릴 사람은 없을 거라 생각했는데 그 생각을 바꾸게 해준 사람이 윤승호였다.

자신의 딸이 무술의 고수이듯 다른 무술의 고수들이 존재한다고 믿기 시작한 것이다.

"한데, 무슨 얘기를 그리 오래한 거야?"

"암천회라는 곳이 있는데 그 사람들이 선양법을 쓴다고 전에 말씀드렸죠?"

"그랬지. 워낙 만화 같은 얘기라 방금 그 녀석이 나타나기 전까진 믿지 않았지만 말이다."

"저 사람이 그 선양법을 2단계까지 마스터를 했대요."

"……그런데?"

"에휴~ 선양법이 있어야 엄마의 병이 나을 수 있다고 말했잖아요."

"그랬나? 그래서 어떻게 됐냐?"

딸의 태도에 머리를 긁적이던 최철민은 화색이 도는 얼굴이 되어 다시 묻는다.

"생각해 보겠대요."

"지깟 놈이 감히! 내 당장 놈을 찾아내서……."

"아빠는 상대도 되지 않아요."

"누가 내가 상대한다고 했냐? 전차라도 끌고 가서 요절을 내든가……."

"그건 제가 알아서 할게요. 그러니 긁어 부스럼 만들지 마세요."

"쳇! 알았다."

마치 아이처럼 샐쭉한 표정을 짓는 최철민의 모습에 하민은 살짝 인상을 쓴다.

"대신 저 사람에 대해 조사 좀 해주세요."

"으하하하핫! 걱정 마라. 내가 아주 집에 숟가락이 몇 개 있는지까지 샅샅이 조사해 주마."

하민은 최철민의 그런 모습에 고개를 절래절래 흔든다.

그리고 다시 윤승호가 사라진 방향을 쳐다본다.

아까 윤승호를 보던 그 눈빛으로.

9.
지안의 위험

"사형, 드디어 곽지안이 나타났습니다."

"어디에!"

차영호는 정신 이동자에 대한 자료를 보다가 사제의 말에 자리에서 벌떡 일어나며 묻는다.

"과거 그녀의 집입니다."

"역시 복수를 위함인가? 신미향의 행방은?"

"묘연한 상탭니다. 하지만 저희 조사에 의하면 신미향이 성형수술로 곽지안이 되었을 가능성이 높습니다."

이미 오래전에 곽지안이 신미향의 몸을 차지할 가능성이 높다는 건 알고 있었다.

곽지안이 정신 이동자라면 분명 그녀의 남편에게 복수를 할 것이라는 생각에서였다.

"반드시 곽지안의 본체가 있는 곳도 알아내야 한다. 분명 그녀와 멀지 않은 곳에 있을 터. 이제부터 모든 조직은 곽지안의 일거수일투족을 감시한다."

곽지안으로 성형수술한 신미향을 잡는다고 해도 다시 곽지인의 본체로 돌아가 버리면 지금까지의 고생이 헛일이 돼 버렸기에 신중할 수밖에 없었다.

"알겠습니다. 한데 사형……."

"왜?"

"정보대에서 의천의 후예를 쫓고 있다는 얘기가 있습니다."

"의천의 후예? 왜 그 얘기를 이제야 하는 거지?"

"확실치 않아 나름 조사를 하고 있었던 모양입니다."

"그런데?"

"정보대가 의천의 후예를 쫓고 있어서 인원이 부족합니다."

사제의 말에 잠깐 머리를 집는 차영호.

의천의 후예도 중요하지만 지금은 정신 이동자가 더 중요했다.

그리고 곽지안의 본체만 찾는다면 바로 작전을 시작해야 하는데 정보대가 없으면 안 되는 상황이었다.

"종석이에게는 내가 말하겠다. 넌 살영대주께 정신 이동자가 발견되었다고 알려드려라."

"……알겠습니다."

약간 두려운 표정으로 말하는 사제의 어깨를 한 번 두들겨 주고 차영호는 어떻게 정신 이동자를 잡을지 계획을 세우기 시작했다.

"사형, 뭐하세요?"

막내 사제 유담현이 문을 빼꼼히 열고 묻는다.

"수련은 다 끝냈느냐?"

"물론이죠. 하하하! 누구의 명이라고 거역하겠습니까?"

너스레를 떠는 유담현의 모습에 결국 피식 웃는 차영호다.

살영대주에게 유담현이 살귀가 될 가능성이 높다는 얘기에 요즘 선도법 2단계가 아니라 1단계를 꼼꼼히 시키고 있는 중이었다.

선도법 1단계는 독맥과 임맥을 하나로 연결하는 옥침혈을 뚫으면 소주천이 완성되며 끝이 난다.

하지만 옥침혈을 뚫을 때 기(氣)가 부족하여 완벽하게 뚫리지 않는 경우가 있었는데 이때 무리한 2단계 수행을 하면 살귀가 될 가능성이 높았다.

완성한 1단계를 다시 시키니 싫은 내색이라도 보일 줄 알았는데 담현은 군소리 없이 자신의 말을 따랐고 그런 막내 사제가 차영호의 눈에는 기특해 보였다.

"무슨 일이냐?"

차영호는 엄하게 말을 했지만 그 속에 따뜻함마저 숨길 순 없었나 보다.

"헤헤! 그냥 사형이 뭘 하시나 궁금해서 왔습니다."

그걸 잘 아는지 유담현은 안으로 들어와 차영호의 어깨를 주무른다.

"녀석하곤……."

한참을 차영호의 어깨를 주무르던 유담현이 살며시 묻는다.

"정신 이동자가 나타났다면서요."

"그 얘기는 어디서 들었느냐?"

"저야 소식통이잖아요. 헤헤!"

유담현은 차영호의 기분이 나쁘지 않다는 걸 알곤 본론을 꺼낸다.

"사형, 저도 정신 이동자를 처단할 때 가봐도 될까요?"

"쓸데없는 소리!"

차영호는 정색을 하며 유담현을 바라보며 인상을 쓴다.

정신 이동자만 처단한다면 유담현에게 영향이 없겠지만 어쩌면, 아니, 필연적으로 주변의 목격자들도 제거를 해야 하는 상황이 올 것이다.

지난번 병원을 처리한 것처럼 곽지안이 살고 있는 아파트 전체를 불태울 가능성도 배제할 수 없었다.

"아, 아뇨. 혹시나 싶어서……."

차영호의 반응에 금세 꼬리를 내리는 유담현.

하지만 그의 웅얼거림은 계속됐다.

"이번 기회가 아니면 정신 이동자를 볼 기회가 평생 다시 있을까요? 사형들이 정신 이동자를 제거한 얘기만 들으면서 평생 남의 경호만 해주게 생겼네요."

"……"

"제 팔자가 기구하네요. 전 선도법 1단계나 수행하러 갈 게요, 사형."

축 처진 어깨로 돌아서는 유담현을 보는 차영호의 마음도 좋지만은 않았다.

그리고 그의 말마따나 정신 이동자를 볼 기회는 일생 한 번 있을까 말까한 일이었다. 이번 기회를 놓친다면 평생 자신을 원망할 수도 있겠다 싶은 마음에 가슴 한 켠이 결렸다.

"……외곽 경계라도 괜찮다면……."

"정말요? 사형 감사해요!"

유담현은 차영호의 말도 끝나지 않았지만 언제 슬퍼했냐는 듯이 밝은 모습을 돌아와 사형을 껴안는다.

"철저히 경계를 서야 한다. 가급적 문제가 발생했을 땐 직접 나서지 말고 사형들에게 보고하는 것도 잊지 말고."

"네네! 물론이죠. 저야 먼발치에서 사형들이 하는 모습만 볼 거예요."

"또한, 목격자를 처리할 때도……."

"절대! 절대! 제가 나서는 일은 없을 거예요. 하하하하!"

몇 마디 충고를 더 해주고 싶었지만 저리 기뻐하는 막내사제의 모습에 덩달아 웃음이 나오는 차영호다.

'막내사제와 함께할 사람을 붙여줘야겠군.'

일 처리가 다소 온화한 사제 중 누가 좋을지 생각하는 그의 어깨를 연신 주무르는 유담현이다.

◆　　◆　　◆

연채는 4일째 되는 날, 다친 발이 다 나은 것 같다며 좋아라 하며 헤이걸즈에 복귀하겠다고 했고, 난 밤늦게라도 좋으니 들러 발마사지를 받으러 오라고 한 후 허락했다.

천국의 신화는 첫 주 방송이 19%, 21.5%로 시청률이 나오며 제작진과 배우들을 기쁘게 했다.

그와 함께 본격적인 촬영에 들어가며 집에 들어오는 시간이 없을 정도로 바쁜 날을 보내고 있다.

오늘은 그나마 촬영이 일찍 끝나 자정이 약간 넘은 시간에 집에 도착할 수 있었다.

"샤워하고 테스트해 봐야지."

최하민에게 기 감추는 법을 배운 지도 일주일이 지났고, 촬영 틈틈이 연습을 했다.

기를 감추는 법은 그리 어렵지 않았다.

바로 단전에 쌓인 기를 온몸 구석구석으로 퍼트리는 것이었는데 그러기 위해선 그동안 등한시해 오던 선도법에서 나오는 소주천(小周天)과 대주천(大周天)을 이해해야 했다.

주천(周天)이란 단전호흡에서는 기를 돌리는 방법인데 공전(公轉:지구와 같은 행성이 일정 주기로 태양 주위를 도는 것)의 다른 말이기도 하다.

즉, 소주천은 달이 지구를 도는 것, 대주천은 지구가 태양 주위를 도는 것으로 생각하면 간단했다.

소주천과 대주천의 구분은 각 계파와 무협지마다 조금씩 달랐다.

선도법에서의 소주천은 축기(蓄氣:기를 모으다)를 통해 하단전에 모은 기를 독맥과 임맥으로 움직이는 것으로 옥침혈(玉枕穴:뒷골에 위치한 혈)을 뚫게 되면 독맥, 임맥, 대맥, 충맥이 하나가 되는데 그것이 소주천의 완성, 대주천의 시작이다.

선도법 1단계의 완성과 2단계의 시작도 소주천과 대주천의 사이에 있었다.

나는 그동안 기를 솜사탕처럼 쌓기만 했을 뿐이다.

즉, 3단계를 행(行)할 수 있을 뿐 완성할 생각은 전혀 못하고 있었다.

운기행공을 통해 그 솜사탕을 줄이고 줄여 단단하게 만들어야 하는데 그걸 안 했으니 선도법 3단계를 성공했음에도 2단계의 완성으로 오해받은 것이다.

오해를 받았을 때 난 4단계까지 완성했다며 우쭐해 있었는데 사실을 알고 나니 2단계의 완성이 얼마나 대단한 일인지 알게 되었다.

2단계의 완성은 대주천의 완성으로 중단전의 생성이었다.

대주천은 소주천으로 뚫린 기의 통로를 넓혀 많은 기가 흐르게 한 후, 온몸에 뻗은 세맥들마저 뚫는 경지가 대주천의 완성이었다.

내가 선도법 4단계로 엄청나게 받아들인 기 때문에 그녀가 보기엔 대주천이 완성된 것처럼 느꼈는지 모른다.

하지만 난 지금 옥침혈도 못 뚫고 있으니 본의 아니게 그녀를 속인 셈이 되었다.

그래서 최대한 빨리 옥침혈을 뚫을 생각이다.

"그럼 기를 숨겨볼까?"

샤워를 마치고 난 이지원과 마주섰다.

그리고 서로의 기를 탐색한다.

모든 사람들도 기본적으로 기를 가지고 있다.

하지만 이지원과 윤승호의 몸에는 다른 사람들과 다른 것이 있었는데 몸 전체적으로 기가 왕성하고 하·중·상단전이 약하지만 밝게 빛나고 있었다.

특히, 오랫동안 꾸준히 기를 받아온 윤승호가 이지원보다 밝아야 하는데 이지원의 단전이 좀 더 밝았다.

이지원의 몸으로 최근 소주천을 몇 번 한 결과였다.

난 하단전에 있는 기를 온몸으로 퍼트린다는 생각을 했다.

그러자 하단전에 약하게 빛나던 기는 서서히 희미해지더니 마치 일반인처럼 텅 빈 상태가 돼 버린다.

"됐다!"

일주일간의 연습이 헛되지 않았다.

"이 정도면 충분하겠다."

기를 감추면 일반인보다 약간 기가 왕성하게 느껴질 뿐이었다.

몇 번 모았다 퍼트렸다를 반복해 본 후 스스로 만족한다.

나중에 하민을 만나면 어떤지 물어볼 생각이다.

이지원은 소파에 놔두고 난 바닥에 정좌를 하고 앉았다.

소주천을 행해본 것은 한두 번에 불과했다.

그것도 촬영이 바쁜 윤승호의 몸이 아니라 이지원의 몸으로.

"후~ 흡~"

입으로 숨을 깊게 내뱉고 코로 숨을 들이키며 눈을 감았다.

호흡을 통해 기를 받아들이고 그 기를 하단전으로 인도한다.

그렇게 모인 하단전의 기를 단전의 중심부를 중심으로 서서히 돌린다.

선도법 1단계의 가장 기본적인 축기법이다.

서서히 돌아가던 기는 단전의 중심부를 향해 조금씩 모여들며 기의 구슬을 만드는데 좁쌀만 한 기의 구슬을 독맥을 향해 올려 보낸다.

기의 구슬은 독맥을 향해 올라가며 길을 닦는데 조금 올라가다 사라진다.

길을 닦으며 사라지는 건지 독맥 자체적으로 기를 흡수하는 건지는 몰라도 이지원의 몸으로 할 때와 같은 현상이다.

'그럼, 본격적으로 시작해 볼까?'

이지원으로 이미 독맥과 임맥의 길을 닦는 건 해봤다.

혹시나 주화입마에 걸려서 불구가 되지는 않을까라는 걱정 때문에 해본 것뿐이다.

솜사탕처럼 느슨한 기(氣)지만 이미 오랫동안 운기를 해왔기에 단전의 기는 길을 닦기에 충분했다.

난 몸에 흩어져 있던 기를 하단전으로 모았다. 지금은 이기만으로도 충분히 소주천을 완성할 수 있을 것이다.

단전을 꽉 채운 기를 회전시킨다.

솜사탕처럼 느슨하던 기가 점점 뭉쳐지는 것이 느껴진다.

순식간에 알사탕만큼 커진 구슬.

아직 내단이라고 보기엔 무리가 있다.

소주천, 즉 임맥과 독맥을 거치고 난 후에야 비로소 내단이라고 불릴 것이다.

난 알사탕만큼 커진 구슬을 독맥으로 보낸다.

아까와 다르게 쉽게 사라지지 않았다.

하지만 독맥의 끝인 옥침혈에 이르자 자신의 할 일을 마쳤다는 듯 사라진다.

그사이 만들어진 또 다른 기의 구슬을 이번엔 임맥으로 보낸다.

오랫동안 기를 받아들인 몸이라 그런지 확실히 이지원으로 할 때보다 수월하다.

임맥까지 길이 닦였다.

이제부터가 중요하다.

알사탕만한 크기의 구슬은 독맥으로 올라갔다 단전으로 내려오며 완전히 사라지지 않고 임맥으로 올라갔다 내려온다.

알사탕이 모래알만큼 작아졌지만 비로소 제대로 된 내단을 모았다는 생각에 날듯이 기뻤다.

모래알만 한 내단에 다시 기를 씌워 구슬을 만들어 보낸다.

어느새 솜사탕 같이 하단전을 꽉 채우고 있던 기가 점점 사라지고 조금씩 커지는 내단을 느끼며 욕심이 생겼다.

당장에라도 내단으로 단전을 가득 채울 수 있을 것 같은 생각.

몸을 관조하며 바라보던 난 굳게 닫아둔 홀을 열었다.

선도법 4단계.

홀을 통해 엄청나게 들어오는 기를 상단과 중단전을 거치지 않고 바로 하단전으로 보낸다.

좁쌀만 해진 내단에 기를 씌워 구슬을 보내 독맥으로 보낸다.

어느새 텅 비어 있던 단전은 기로 꽉 찼다. 그리고 그 기들은 열심히 회전을 하며 먼저 보낸 구슬이 옥침혈까지 올라가기도 전에 새로운 구슬을 만들었다.

'아, 안 돼.'

내가 조종하기도 전에 새로 만들어진 구슬은 빠르게 독맥을 향해 올라간다.

그게 끝이 아니었다.

이미 단전에서 돌고 있던 기들은 멈출 생각이 없는지 또 새로운 구슬을 만들어 독맥으로 올려 보낸다.

독맥으로 이미 3개의 기의 구슬이 올라갔다. 제일 처음 올라간 구슬은 내려올 길이 없었다.

결국, 첫 번째 구슬이 옥침혈에 부딪친다.

꽝!

'큭!'

뒤통수가 띵한 느낌과 함께 멍해진다.

'멈춰! 멈추…… 큭!'

두 번째 구슬이 첫 번째 구슬을 때리며 옥침혈에 충격을 가한다.

문제는 3번째 구슬이 끝이 아니라는 데 있었다.

이미 홀을 닫았음에도 그동안 단전을 꽉 채운 기들이 끊임없이 기의 구슬을 만들어 올려 보내고 있다.

옥침혈이 뚫리지 않으면 계속 올라오는 기로 인해 독맥이 찢어질 가능성이 높았다.

'기호지세다.'

난 천천히 올라오는 기의 구슬들에게 속도를 더했다.

그리고 다시 홀을 열어 주변의 기를 고래가 물을 빨아들이듯 마시기 시작했다.

꽝! 꽝! 꽝!

정신이 몽롱해진다.

하지만 8년간의 지옥도 견뎌낸 나다.

지금이야 윤승호가 식물인간이 된다고 해도 점핑으로 다른 사람의 몸을 차지하면 되지만 두 번 다시 또 내 육체를 잃고 싶은 생각은 없었다.

이 몸이 나의 마지막 몸이라는 각오가 필요했다.

기를 빨아들여서 구슬을 만들어 올려 보내는 일에 모든 정신을 집중했다.

단전에서 일어나는 기의 회전을 더욱 빠르게 했다.

옥침혈에 계속 가해지는 충격.

마침내 회전으로 기의 구슬을 만드는 과정이 극도로 짧아지면서 마치 원기둥이 독맥으로 올라가는 것처럼 느껴진다.

그 순간……

퍼엉!

머리가 터져 나가는 소리와 함께 난 정신을 잃었다.

이럴 때 내 영혼이 두 개로 분리된 것에 감사한다.

윤승호에게 있던 내 반쪽이 정신을 잃었지만 난 여전히 정신을 차리고 있으니 말이다.

"어떻게 된 거지?"

난 소파에서 이지원의 몸으로 눈을 떴다.

한쪽에 정좌를 한 채 눈을 감고 있는 윤승호가 보인다.

자세가 흐트러짐이 없는 걸 보면 주화입마에 걸린 건 아닌 것 같다.

"옥침혈을 뚫은 건가?"

방금 전 옥침혈에서 느껴졌던 충격이 이지원의 몸으로 있음에도 느껴질 정도로 멍하다.

하지만 정신을 집중해서 바라보니 주변의 기가 난리도 아니다.

윤승호의 몸으로 끊임없이 기가 들어가는 것이 보이고 특히 윤승호 자체가 기의 덩어리가 된 듯이 빛나고 있었다.

"이왕 이렇게 된 거 내공이나 많이 쌓여라."

멍하니 내 모습만 바라보는 것도 일이십 분이지 자리에서 벗어나진 못하고 결국 TV를 켰다.

"명숙이 누나한테도 가서 선도법을 해야 하는데 오늘은 패스해야겠네. 쩝!"

김명숙 회장은 아직 암에 완치가 되지 않았지만 선도법 때문인지 예전만큼 건강해져 다시 회사 생활에 전념하고 있었다.

기가 얼마나 효용이 있을까라는 생각에 다음에 갈 땐 독맥과 임맥을 깨끗하게 해줄 생각이다.

한참 TV를 멍하니 보다보니 어디선가 퀴퀴한 냄새가 난다.

"이 냄새는 뭐야?"

냄새는 여전히 정좌해 앉아 미친 듯이 기를 빨아들이는 윤승호의 몸에서 나는 것이었다.

흔히, 무협지에서 말하는 몸에 있는 노폐물이 빠져나오는 단계에 이르렀나 보다.

"그래, 쌓이는 김에 환골탈태까지 가보자."

선도법에서 환골탈태의 과정이 있었는데 그게 바로 선도법 2단계의 완성할 때 일어나는 일이라 되어 있었다.

왜 이런 일이 생겼는지 알 수는 없지만 좋은 게 좋은 거다.

창문을 열어 환기를 시킨 후, 멍하니 있는 것보단 이럴 때 차영호에게 점핑을 해보기로 했다.

이지원을 소파에 눕히고 차영호를 생각했다.

그의 정신세계에 방은 만들어뒀지만 각인시킬 글을 못 남긴 게 못내 아쉬웠다.

하민을 만나고 난 다음 선도법과 선도술에 대해 더 많은 걸 알아보고자 차영호에게 원거리 점핑을 몇 번 시도했었지만 번번이 실패했었다.

오늘은 왠지 잘될 것 같은 예감.

집중해 차영호를 느끼고자 노력한다.

그의 정신세계에 만들어 놓은 방이 나의 정신과 이어져 있다.

그렇다면 난 그가 어디에 있든 느낄 수도 점핑할 수도 있다.

'벽?'

차영호가 느껴졌다.

하지만 그와 나 사이를 가로막는 벽이 있었다.

'맞아, 예전에 점핑할 때도 겨우 들어갔던 기억이 나는군.'

과거보다 더 탄탄한 벽.

그때완 다르게 작은 구멍도 없었다.

벽과의 신경전을 벌이다 결국 선택할 수 있는 건 한 가지밖에 없었다.

'뚫자!'

저 벽 뒤에 차영호의 홀이 있다는 것이 느껴진다.

충격에 대비를 하며 그동안 외우지도 않았던 주문을 외워본다.

'세그라이노 아진카이블로 사이진도 우르지보이노······

쇼리지아인 카아빌리도 가린지도노!'

나아감이 느껴진다.

충격에 대비하고자 선도법 4단계를 행한다.

영체에게는 홀이 없었지만 상관없다. 그냥 충격을 잊고자
하는 것뿐이었다.

파~~앗!

머리는 벽을 통과해 홀로 들어가는데 몸은 그대로 밖이
다.

마치 고무줄이 늘어나듯이 쭉 늘어나며 차츰 벽을 통과한
다.

'쳇! 지렁이도 아니고.'

모로 가도 서울만 가면 된다는 말이 있듯이 점핑에 성공
했다.

상당한 이질감이 느껴졌지만 곧 잠잠해지며 차영호와 일
체화가 된다.

다음을 위해서라도 정신세계의 방을 확장 공사를 해야 할
모양이다.

하지만 그의 몸을 차지하고 기억을 읽고는 실망하고 말았
다.

'뭐야? 아예 기억이 들어오질 않잖아?'

유체이탈 후 정신세계에 들어가 의식 세계를 열려고 했지
만 뭐에 막힌 듯 열리지 않는다.

'젠장! 오늘 완전히 헛수고한 거 아냐?'

내가 할 수 있는 일은 전혀 없었다.

마치 처음 민수린의 투명막을 대했을 때처럼 막막한 상태였다.

별수 없이 그의 정신세계에 만들어둔 방을 신축(?)했다.

아주 넓고 넓은 방으로.

그리고 그 방에 '우리는 하나!', '난 너야!', '암천회가 뭐지?', '날 거부하지 마!' 와 같은 글을 생각나는 대로 적어 붙였다.

'이제 돌아갈까?'

몇 번 시도 끝에, 벽마저 뚫고 왔는데 아무 소득 없이 가는 것은 왠지 억울했다.

결국 주위에 다른 누군가가 있나를 확인만 해보고 돌아가기로 했다.

다시 일체화를 한 후, 선도법을 행하며 주변의 기운을 읽었다.

의외로 많은 기운들이 읽힌다.

그것도 하단전에 무시무시한 내공을 지닌 채 말이다.

특히나 홀에는 차영호와 비슷한 벽이 가로막고 있었다.

'이거야 원, 마치 나처럼 점핑하는 사람을 대비한 것 같잖아.'

가볍게 투덜거리고 그나마 가장 말랑한 이를 찾아본다.

옆방에 막 깨어나고 있는 녀석이 그나마 가장 약해 보인다.

단전도 그렇고 벽도 다른 이들보다 훨씬 얇았다.

결정과 동시에 난 그에게 점핑을 했다.

차영호와 다르게 어렵지 않게 벽을 뚫고 들어올 수 있었다.

'자! 기억을 읽어볼까?'

역시나 많지 않은 기억.

하지만 그 많지 않은 기억 중 아주 익숙한 단어가 머릿속을 스쳐 지나간다.

곽지안, 신미향, 정신 이동자, 병원.

"뭐, 뭐야!"

나도 모르게 말이 튀어나온다.

"지안의 이름이 왜 이들에게?"

난 재빨리 기억을 살펴본다.

"……!"

지금 지안은 위험에 처해 있었다.

이들은 곧 정신 이동자 지안과 신미향을 죽이기 위해 출발할 것이다.

"당장 지안에게…… 아냐, 지금은 유담현의 기억을 최대한 읽는 게 우선이야."

난 그를 침대에 눕히고 정신세계로 들어갔다.

그리고 그의 기억을 최대한 요구해 본다.

내가 차영호의 기억을 읽지 못한 건 그의 스승이 걸어놓은 특수한 제약 때문이었다.

하지만 유담현이 어려서인지 아님 제약에 잘 걸리지 않는 체질인지는 몰라도 약간씩 추가로 들어온다.

정신 이동자에 대한 기억도, 지안과 신미향에 대한 기억도, 그리고 내 육체가 있었던 병원의 방화 사건에 대한 기억도.

'이, 이…… 뿌득!'

내 육체가 이들 암천회의 손에 죽은 것을 알고 나니 분노가 치솟는다.

이미 죽을 것을 예상하고 있었다고 해도 날 죽였다는 사실이 바뀌진 않았다.

이제 생각하니 그날 이상했던 점들이 하나둘 떠오른다.

3층에서 2층으로 내려가는 문이 잠겨 있었던 것도, 간호사의 몸에 있을 때 1층으로 빠져나왔던 놈들도.

그리고 가건물이라고 해도 콘크리트로 지어진 건물이 너무나도 쉽게 무너진 것도 말이다.

'으아아아아~!'

분노에 잠식되는 정신을 고함을 치며 되찾는다.

지금 필요한 건 분노가 아니라 냉철한 이성이었다.

분노는 안으로 밀어 넣고 어떻게 해야 할지 생각해 본다.

정신 이동자에 대한 정보로 볼 때 이들은 지안을 제외하고 분명 나라는 존재에 대해 의심을 하고 있다는 것을 알 수 있었다.

설령 그게 아니라 해도 내가 이들에게 복수를 시작하면 의심과 함께 추적을 시작할 것이다.

생각은 꼬리에 꼬리를 물고 떠오른다.

'바보! 지금은 이게 중요한 게 아니잖아!'

그렇다.

기억을 모두 읽었으니 이제 지안에게 이 사실을 최대한 빨리 알려 구하는 게 우선이었다.

난 유담현의 정신세계에 차영호의 정신세계와 비슷한 방을 만들었다.

"유담현! 아직도 잠들어 있으면 어떻게 해!"

문 열리는 소리와 함께 밖에서 들리는 소리.

이제는 떠나야 했다.

'암천회! 뿌득!'

가슴속에 칼을 품고 난 이지원에게로 점핑을 한다.

◆　　◆　　◆

윤승호는 환골탈태를 했다.

그렇다고 무협지처럼 피부가 새로 돋고 묵은 피부가 껍질처럼 떨어져 내리진 않았다.

다만 몸이 훨씬 움직이기가 편해졌고 하단전이 2배 이상 커졌으며 명치 부근에 중단전이 생겼다.

물론, 몸에서 노폐물이 빠지면서 피부도 좋아졌다.

얼굴 팔아먹고 사는 나로서는 좋은 일이지만 그걸 따지고 있을 때가 아니었다.

난 지원의 학교에 전화를 해 지원이 아파서 학교에 못 갈 거라고 말해뒀다.

유담현의 기억 속에 있는 단편적인 사실들을 조합해 볼 때 암천회는 거대한 조직이었다.

그런 거대 조직에 무작정 부딪힐 생각은 추호도 없었다.

일단은 내 주변을 강하게 만들어야 한다.

그 첫 번째 일이 이지원이 선도법 1단계를 완벽하게 만드는 일이었다.

2단계까지 완성하면 좋겠지만 우연히 계속되리라는 보장은 없었다.

"승호야, 도착했다."

"형 점심 먹기 전에 시내에 가서 배우들하고 스태프들 먹을 것 좀 사와요. 저녁까지 먹어야 하니까 넉넉하게요."

난 카드를 동수 형에게 주며 말했다.

"또? 그럼 효진이랑 연하랑 같이 간다?"

숙희 누나는 안심하는 표정을 효진과 연하는 귀찮다는 표정을 짓는다.

"얘네는 할 일 있잖아요."

"……알았어."

요즘 너무 풀어줬나 보다.

인상으로 욕을 하는 동수 형.

확 잘라 버리고 싶지만 항상 내 손발이 되어주니 그럴 수가 없었다.

지안이 지금 살고 있는 곳은 유담현의 기억에 없었다.

그렇다고 그걸 알고자 다시 호랑이굴에 들어가 그들의 경각심을 일깨워 줄 필요는 없다.

해서 난 심부름센터를 이용하기로 했다.

동수 형이 시내로 나갔을 때 점핑을 했고, 카드에서 현금을 인출한 후, 쓰레기 더미에 돈을 숨겨뒀다.

그리고 적당한 사람에게 다시 점핑을 해 돈을 가지고 가장 가까운 심부름센터로 들어갔다.

"어서 오십시오! 얘들아, 손님께 따뜻한 차 좀 드려라."

"예, 혀…… 사장님."

세상에 이런 우연히 있다니.

과거 병원 이사장의 별장에서 만난 나상열과 그 일당이었다.

검은 양복이 아니라 활동하기 편한 복장의 나상열은 과거와 달리 영업적 미소를 띤 채 반긴다.

'착하게 살아가려는 건가?'

속마음이야 다시 점핑을 해보아야 알겠지만 그래도 이들이 바뀐 삶을 살고 있다고 생각하니 기분이 괜찮다.

"손님?"

"아, 죄송합니다. 제가 아는 누군가랑 많이 닮아서……."

"하하하하! 제가 그런 말 많이 듣습니다."

자리에 앉자 그때 막내였던 남자가 종이컵에 녹차 티백을 담아 갖다준다.

"그래, 무슨 일로 찾아오셨습니까?"

"사람을 찾고자 합니다."

"하하하! 그게 저희의 전문 분야죠. 이름만 알아도 지구 끝까지 쫓아가 찾습니다."

"그 정도는 아니고요."

"말이 그렇다는 거죠. 이름은? 사진은?"

"이름은 성상덕, 주민번호 781020—XXXXXXX, 전에 살던 거주지는……."

난 곽지안의 남편에 관련된 사항을 불러주었고, 나상열은 공책에 그 내용을 적는다.

"뭐, 이 정도면 길어야 일주일 안에 찾을 수 있습니다."

"빠를수록 좋습니다."

"그야 비용만 추가 부담하시면 이틀 안에 해드리죠."

"얼마죠?"

"일단 착수금조로 백만 원, 찾고 난 다음 추가로 삼백만. 총 사백만 원 들어가겠군요."

"좋습니다. 착수금으로 오백만, 일이 끝나면 오백 더. 모두 천만 원을 드리죠. 그러니 내일 오전까지 알아봐 주세요."

"……하하하! 손님 화끈해서 좋으시군요. 좋습니다. 내일 오전까지 확실히 알아봐드리죠. 손님에게 연락은?"

"제가 다시 방문 드리죠."

"그러시죠. 그럼, 내일 뵙겠습니다."

"예. 수고해 주세요."

원래는 윤승호에게 있는 반쪽을 점핑해 심부름센터 직원의 정신세계에 방을 만들어둘 생각이었다.

하지만 나상열은 이미 정신세계에 내가 만든 방을 가지고 있으니 오히려 편했다.

지안의 소식은 내일 오전에 나상열에게 점핑을 해 알아내면 된다.

　'지안, 기다려. 곧 갈게.'

　심부름센터에서 나온 난 이지원의 몸으로 점핑했다.

10.
복수의 화신

넓은 거실의 소파에 앉아 있는 남녀.

부부로 보이는 두 사람은 소파에 멀찌감치 따로 앉아 드라마를 보고 있다.

"윤승호 연기 많이 늘었네."

"안에 들어가 있는 영혼이 다르니까."

"그런가?"

지안과 꼭 닮은 여자가 말하자 남자는 TV에서 시선을 떼지 않고 말한다.

"쳇! 그렇게 보고 싶으면 직접 가서 보라고 TV에서만 뚫어져라 쳐다보지 말고."

"이곳 일이 다 정리되면."

"그나저나 지안, 그놈 몸속에 들어가 있으면 끔찍하지

않아?"

지안과 똑같이 성형수술을 한 신미향의 말에 성상덕의 탈을 쓴 지안이 TV에서 시선을 그녀에게로 돌린다.

"이래야 너랑 대화를 할 수 있잖아. 그리고 이 개자식의 기억을 매일 읽어야 내 복수심이 더 불이 붙거든."

"쩝! 하여간……."

"이번 일이 끝나면 너랑 대화할 일도……."

"그만! 지안. 드디어 내가 네가 되는 거라고. 몇 번을 말했지만 내가 원하는 일이야. 네가 죄책감을 느낄 필요 없어."

"……."

"난 온전한 지안이 되어 윤승호의 품에 안기게 되는 거라고. 호호호호!"

지안은 신미향을 물끄러미 바라보다 다시 시선을 TV로 돌린다.

그녀는 신미향에게 미안한 마음은 오래전부터 가지고 있었다.

하지만 내일이 지나면 이제 그 미안함도 표현할 수 없었다.

내일 복수가 끝이 나면 정말 신미향과 일체화를 이룬 후 살아갈 생각이었다.

"놈은 무슨 생각을 하고 있어?"

"날 죽일 생각."

"호호호! 역시 본성이 변하지 않는 놈이구나?"

"응, 내일 여행 가서 산에 파묻을 생각을 하고 있어."

"멍청한 놈. 제까짓 게 10명이 있어도 상대가 안 될 텐데 그것도 모르고……."

신미향의 말이 맞았다.

현금이 가르쳐 준 선도법과 선도술은 그녀에게 힘을 주었다.

웬만한 장정도 단 한 방에 쓰러트릴 수 있는 힘을 말이다.

"공포에 떨다가 마지막에 절망하는 모습도 나쁘지 않잖아?"

"그래, 그 모습을 보고 싶어. 하지만 그건 네 몫이니까."

TV속 드라마는 윤승호의 얼굴을 클로즈업한 채 끝이 난다.

지안은 그 모습을 뚫어지게 바라본다.

그녀는 윤승호가 아닌 그 안에 있는 현금을 보고 있었다.

"끝났네. 이제 나에게로 와."

"응."

"참! 그년은 어떻게 할 거야?"

신미향이 묻는 년은 성상덕의 내연녀였다.

"같이 갈 거야. 밥 해줄 사람이 필요하다니까 그년을 데려간다더군."

"역시, 사악한 놈이야."

"그래. 그래서 좋은 점은 있어. 죄의식이 요만큼도 생기지 않거든."

"호호호! 어쨌든 내일이 기다려져."

"나도. 이제 너에게로 갈게."

"어서 와. 넌 지안으로 있을 때가 가장 아름다우니까."

지안은 정신을 집중해 신미향에게 점핑했다.

그리고 정신을 차리는 성상덕에게 말한다.

"여기서 자지 말고 안에 들어가서 자요. 낼 여행가야 하잖아요."

"으, 응. 깜빡 졸았나 보네."

"피곤했나 봐요? 어서 자요. 전 좀 있다 들어갈게요."

"그래, 당신도 일찍 자."

거실을 벗어나 방으로 들어가는 성상덕의 표정은 일그러져 있었다.

성상덕은 곽지안이 돌아온 날을 생각하며 침대에 앉았다.

"후~"

이주일 전 갑작스럽게 나타난 곽지안을 처음 본 순간, 그는 심장이 떨어지는 듯한 충격을 받았다.

4년 전, 자신의 손에 밀려 계단을 구른 그녀는 척수에 치명적인 손상을 입고 식물인간이 되었다.

아랫집 사람이 우당탕거리는 소리에 나오지 않았다면 숨을 끊어 놓았을 텐데 운이 나빴다.

하지만 그녀를 병원에 입원시켜 두고서야 그녀의 재산이 죽음과 동시에 사회복지재단에 기부된다는 사실을 알게 되었다.

남편으로서 정당한 권리를 주장하려 했지만 결혼 전, 그녀가 내미는 서류에 아무렇지 않게 서명을 해 버린 것이 문제가 되었다.

그녀의 결혼 전부터 가지고 있던 재산에 대한 권리 포기 각서였다.

결국 그녀의 목숨만 연장시켜 둔 채 놔둬야 했다.

혹 그녀가 죽게 된다면 자신이 운영하고 있는 병원 건물과 집에서 마저 쫓겨나야 하는 신세였기 때문이다.

"더 이상 참을 수 없어!"

성상덕은 살기가 묻어날 정도로 음습한 목소리로 중얼거린다.

돌아온 지안은 성상덕이 바람을 피운 것이나, 자신을 죽이려 했던 기억은 모두 잊고 막 결혼했을 때의 기억으로 돌아가 있었다.

오히려 잘된 일이라 생각하고 그녀를 꼬드겨 재산을 어느 정도 빼낸 다음 다시 처리하려 했지만 일이 쉽지 않았다.

잠자리에 들려고 하거나, 재산에 대한 얘기만 하면 머리가 아프다는 지안이었다.

행여나 그런 얘기를 꺼냈다가 기억이라도 되찾는 날에는 꼼짝없이 감옥행이었기에 가급적 그녀를 자극하지 않기 위해 노력했다.

하지만 10일이 한계였다.

지안만 보면 알 수 없는 두려움에 떨어야 했던 성상덕은 결국 그녀를 처리하기로 마음을 먹었다.

마침 괜찮은 별장을 빌려놨다고 가보자는 지안의 제안에 허락을 했고, 그날이 바로 내일이었다.

'실종으로 처리하면 될 거야. 어차피 정신도 온전치 않은 상태였고, 증인마저 있으니 아무 문제가 없겠지.'

돈 따위는 이제 아무래도 좋았다. 어차피 가질 수 없는 재산에 욕심내서 뭐하겠냐는 생각이었다.

성상덕은 내일을 위해 일찍 자야겠다는 생각에 침대에 누웠다.

왜 갑자기 돈 욕심이 없어졌는지는 성상덕은 몰랐다.

다만 그의 정신세계에 방이 있었고, 그 방에는 한 문장의 글귀가 빼곡히 적혀 있었다.

— 돈 욕심을 버려, 내 돈이 아냐.

모든 것이 지안의 뜻대로 움직인다는 것을 모르는 성상덕은 내일 해야 할 일들을 생각하며 잠이 든다.

◆　　◆　　◆

곱게 물든 나뭇잎.

단풍 시즌이라 그런지 도로에는 평일임에도 꽤 많은 차들로 붐빈다.

그래도 신호등이 없는 곳이라 그런지 차는 꾸준히 달리고 있다.

—500m 전방에서 우회전입니다.

차에는 세 사람이 타고 있었지만 들리는 건 오직 내비게이션의 안내음뿐이었다.

성상덕은 운전 중에도 힐끔거리며 지안의 표정을 살핀다.

뒷좌석에 앉아 있는 내연녀의 얼굴을 본 지안이 별말은 없었지만 여행 가자고 했던 사람답지 않게 계속 입을 다물고 있어서였다.

"음악 틀까?"

"아니, 괜찮아요. 경치 구경만 해도 좋네요."

"그, 그래."

"참, 당신이 일하는 건물과 지금 살고 있는 집은 당신 명의로 바꿨어요."

"그, 그래?"

성상덕은 정신이 번쩍 들었다. 포기하고 있었는데 웬 떡이냐 싶었다.

"제가 요즘 몸이 정상적이지 못해…… 너무 미안해요."

"아냐. 내가 더 다정하게 대했어야 했는데 그러지 못해서 미안해."

지안은 쓸쓸한 표정으로 웃고는 다시 얼굴을 바깥으로 돌린다.

사이드미러로 바라보니 뒤에 앉은 내연녀의 얼굴에 웃음꽃이 피는 것이 보인다.

'기분이라도 좋으라고 한 말이야. 그래야 더 절망스럽지.'

지안의 속마음도 모른 채 성상덕과 내연녀는 백미러로 눈빛을 주고받으며 즐거워한다.

"이곳은 어디야?"

"아버지가 다른 사람 명의로 사둔 별장이에요."

치가 도착한 곳은 지안이 차명으로 가지고 있던 별장이었다.

성상덕의 눈은 욕심으로 번득인다.

"그랬어?"

"네, 마음에 들면 나중에 당신 이름으로 명의를 바꿀게요."

"하하! 그래 주면 고맙지. 일단 점심 준비부터 해야겠다."

"그래요. 전 멀미가 나서 잠깐 쉬고 있을게요. 야외 조리대는 저쪽이에요."

"알았어. 점심 준비되면 부를게. 당신 좋아하는 스테이크와 해산물로 준비할게."

지안은 차에서 물건을 내리며 부산을 떠는 두 사람을 놔두고 별장 안으로 들어갔다.

소파에 먼지가 쌓일까 씌워 놓은 천을 걷고 앉았다.

"시간이 너무 더디게 가는군."

복수의 시간은 성상덕이 그녀에게 약이든 술을 권할 때였다.

그의 계획으로는 그 시간은 밤.

지안에게 밤이 오는 걸 기다리는 것도 꽤나 즐거운 일이었지만 시간은 더디게 간다.

'내 몸은 잘 있겠지?'

지안은 일어나 전자열쇠로 잠긴 문을 열었다.

그곳에는 생명 유지 장치에 의지해 숨을 쉬고 있는 자신이 보였다.

"네가 보는 앞에서 놈을 갈가리 찢어줄게."

오늘 복수가 끝난 후 지안은 자신의 육체에 있는 생명 유지 장치를 제거할 생각이었다.

이미 오래전 포기한 육체지만 복수하는 것만은 꼭 보여주고 싶어 계속 호흡을 유지시켜 왔던 것이다.

가만히 자기 자신을 쓰다듬는 지안.

그녀의 눈에서 몇 방울의 눈물이 흘러 떨어지며 시체처럼 누워 있는 자신의 얼굴에 떨어진다.

"훗! 마지막 날이라 너무 감상적이군."

눈물을 닦고 문을 닫고 나온 그녀는 다른 방으로 들어간다.

그리고 그 방의 침대 옆에 있는 작은 나무통을 열었다.

—……그래서, 계속 놔둘 생각을 하는 거야?

—그러면 어떨지 네 의견을 묻는 것뿐이야.

—병원 건물과 지금 살고 있는 집만으로도 충분해. 난 그 여자 얼굴을 보는 것도 소름 끼쳐.

—아깝잖아, 이 별장도 나한테 준다는데…….

—언제 정신이 들지 모르잖아! 그러다 기억이라도 되찾으면 어떻게 해?

—쉿! 조용히 말해.

성상덕이 주의를 주며 말하자 그들의 목소리는 작아졌다.

—어쨌든 난 당신이 그 여자와 붙어 있는 건 못 봐!

—알았어. 계획대로 오늘밤 실행하자고.

—……

—이리 와봐~

—왜 이래!

—허어~ 왜 이러는지 정말 몰라서 묻는 거야?

—저리…… 아~ 하~

지안은 두 사람의 대화를 들으면서도 특별한 표정 변화가 없었다.

그리고 조그맣게 뚫린 구멍 사이로 남녀의 신음 소리가 울려 나오자 나무통을 닫는다.

"그래, 마지막으로 즐기라고."

잔인하게 비틀린 웃음을 짓고 거실로 나온 지안은 백에서 판타지 소설을 꺼냈다.

현금이 그녀의 정신세계에 만들어줬던 바로 그 소설이었다.

아주 오래된 헌책방까지 뒤져가며 찾았는데 그 책을 읽으면 행복했던 한때가 생각이나 시간이 무척이나 빨리 흘렀다.

지안은 천천히 책을 펴 읽기 시작했다.

"오랜만에 술 한잔 어때?"

"글쎄요? 그다지 당기지 않네요."

저녁을 먹은 후, 성상덕은 책을 읽고 있는 지안에게 다가가 묻는다.

"당신이 좋아하던 와인을 구해왔는데……."

"그래요? 꽤 비쌀 텐데. 그럼 한잔할까요?"

실망스런 표정을 짓던 그는 금세 밝아진 표정으로 와인을 잔에 따라 가져온다.

"자, 우리의 앞날을 위해 건배하자."

"앞날을 위해…… 좋군요."

"우리의 앞날을 위해!"

성상덕의 말에 지안은 묘한 표정을 짓는다.

그가 말하는 '우리'가 무얼 뜻하는지 너무나도 잘 알기 때문이었다.

"건배!"

"건배! 잠깐만요."

"왜?"

막 잔을 들이키려던 지안이 잔에서 입을 떼자, 일순 성상덕의 표정이 굳는다.

"우리만 마시는 건 예의가 아닌 것 같아서요. 같이 온 아가씨도 부르죠."

"지금 설거지 중일 텐데?"

"설거지야 무슨 상관이에요. 술 마시고 하면 되죠."

"알았어. 그럼 데려오지, 뭐."

성상덕은 거실 옆에 딸린 부엌에서 그의 내연녀를 데리고 온다.

"다 모였으니 다시 건배를 할까?"

지안은 성상덕과 내연녀의 하는 모습을 보고 피식 웃었다.

하긴 죽이기로 했으면 빠를수록 좋긴 하다.

"미네 씨라고 했던가요?"

"네."

"저랑 잔 좀 바꾸시겠어요?"

"네? 그게 무슨……."

"다, 당신 왜 그래?"

"왠지 저 잔에 있는 와인이 더 좋아 보여. 내 잔에는 독약이 담긴 것처럼 향도 이상하고 색깔도 이상해."

"그, 그럼 다시 따라줄게."

"싫어! 그럼 당신이 나랑 잔을 바꿀래?"

"……."

별장의 거실은 싸늘한 침묵만이 흐른다.

지안은 비틀린 웃음을, 성상덕과 그의 내연녀 천미네는 당혹해 하는 표정을 짓고 있다.

하지만 곧 성상덕의 눈빛은 잔혹하게 바뀐다.

"언제부터 알고 있었던 거지?"

"질문이 틀렸어. 잊은 적이 없으니까."

"복수를 하고 싶은 건가?"

"호호호호호! 바보 같은 질문……."

"이익! 죽어!"

지안이 얘기하는 도중 갑자기 성상덕이 그녀에게 달려들어 목을 조른다.

"그, 그래. 너, 너따위에겐 그런 표정이 어울려."

목이 졸려 억눌린 소리로 말하는 지안의 표정은 표독스럽게 바뀐다.

"흐흐흐! 여긴 아무도 없어. 넌 복수가 아니라 죽을 자리를 찾아온 거라고."

더욱 힘을 주며 목을 조르던 성상덕은 뭔가 이상하다는 것을 느꼈다.

목을 힘껏 누르는데도 지안은 꿈쩍도 하지 않는다.

그리고 느껴지는 복부의 충격에 손발의 힘이 빠지며 바닥에 쓰러진다.

"내가 아무 생각 없이 왔을 것 같아?"

"크으으~ 으……."

"아! 내가 잠깐 흥분했군."

쓰러진 성상덕의 얼굴을 밟으며 힘을 가하던 지안은 곧 발을 떼며 물러선다.

"흑! 상덕."

와들와들 떨고 있던 미녀는 지안이 물러서자 재빨리 상덕에게 달려가 그를 일으킨다.

그런 그들의 모습을 바라보는 지안의 표정은 감흥이 없었다.

그렇다고 저들을 '목숨 바쳐 사랑한 사이'로 놔둘 생각은 더더군다나 없었다.

"자, 건배를 계속해 볼까?"

"우, 우리를 어쩔 셈이죠?"

"둘 다 어찌할 생각은 없어. 둘이 무척이나 사랑하는 사이처럼 보이는데……. 나와 같은 고통을 맛보게 하고 싶어."

"무슨 말이죠?"

"간단해. 둘 중 한 명만 죽으면 된다는 소리야."

"⋯⋯!"

"사랑을 잃는 아픔을 느껴보라고."

지안은 거짓말을 하고 있었다.

그녀가 생각하는 일은 훨씬 잔인한 계획이었다.

지안의 말에 두 사람의 표정이 바뀌는 것만 봐도 그녀가 계획한 것을 유추할 수 있었다.

"와인 잔을 놓치면 둘 다 죽어."

지안은 테이블에 놓인 와인 잔을 건네며 단호하게 말했고, 독이 든 잔은 자연스레 천미네에게 건네졌다.

"큭! 이러지 마, 지안."

"닥쳐! 그 입으로 다시 한 번 내 이름을 부르면 입을 찢어 버리겠어!"

쓰러져 있던 성상덕이 일어나 앉으며 말을 하다 지안의 살기에 움찔하며 그녀의 눈길을 피한다.

"건배! 모두 단숨에 마셔."

하지만 지안만 와인을 마실 뿐 두 사람은 서로 얼굴만 쳐다보고 있다.

"내 말이 거짓이라고 생각하나 보군."

지안은 그녀의 백에서 날카로운 칼을 꺼냈다.

그리고 이리저리 흔들며 나지막이 말한다.

"지금부터 열을 셀 동안 마시지 않는다면 둘 다 고통스럽게 죽여주지. 하나!"

두 사람은 지안을 바라보다 다시 서로를 바라본다.

"둘! 셋! 넷! ……."

숫자가 열을 향해갈수록 성상덕의 표정은 굳어졌고, 독이 든 잔을 든 천미네는 부들부들 떨고 있었다.

"일곱! 여……."

여덟이 되기 전 성상덕은 들고 있던 와인을 단숨에 마셔 버린다.

그리곤 천미네의 시선을 피한다.

"다, 당신이 어떻게?"

천미네는 알 수 없는 배신감에 믿을 수 없다는 표정을 짓고 성상덕을 바라본다.

"호호호호! 좋아! 이제 미네만 마시면 끝이군. 여덟!"

"말을 해봐요. 당신만 와인을 마신 이유를 말해보라고요!"

"아홉!"

"……마……셔."

"뭐, 뭐라고요?"

"둘 다 죽을 순 없잖아? 그러니 얼른 와인을 마시라고!"

"하아~?"

"날 사랑한다면 날 위해 당장 손에 든 와인을 마셔!"

지안은 그 둘의 모습을 찬찬히 바라본다.

자신이 쓰러지기 전에 봤던 성상덕의 표정이 바로 저랬다.

그리고 현재 미네의 표정이 예전 자신의 표정이 아니었을까 생각해 본다.

지안은 기뻤다.

그녀가 읽었던 저 둘의 기억 속, 불꽃같은 사랑도 결국엔 둘만의 착각에 불과하다는 생각에 기뻤다.

"여······."

"마셔! 마셔! 당장 마셔!"

"나쁜 새끼!"

촤악!

천미네는 들고 있던 와인을 성상덕에게 뿌린다.

"퉤! 퉤! 입에 들어갔잖아! 얼굴에 뿌리면 어떻게 해! 퉤!"

"나쁜 새끼! 나쁜 새끼!"

눈물을 흘리며 성상덕을 때리는 천미네의 손에는 힘이 없었다.

눈물겨운 장면이긴 하지만 지안의 복수는 아직 시작도 하지 않았다.

"둘이 싸우는 건 좋은데 내가 분명이 말했을 텐데 와인잔을 놓으면 둘 다 죽는다고."

"아, 아냐! 나에게 아직 약이 있어. 그, 그러니까 다시 따르면 돼."

"······!"

지안의 말에 성상덕은 품 안에 있던 조그마한 약병을 꺼냈고, 그 모습에 천미네는 질린 듯 입만 벌린 채 성상덕을 바라본다.

"음, 그건 별론데? 와인이 아깝잖아."

"그, 그럼?"

죽음을 예감한 듯 뒤로 물러서려는 성상덕은 이어지는 지안의 말에 안도의 표정을 짓는다.

"이렇게 하지. 내가 이 칼을 줄 테니 이번엔 확실히 끝내도록 해. 미네가 성공하지 못하면 네가 도와줘도 좋아."

질린 표정의 두 사람은 안중에도 없다는 듯 지안은 둘의 앞에 칼을 던졌다.

"이번에는 다섯까지 셀게. 마지막 기회니까 알아서들 해. 하나! 둘!"

둘은 눈치를 살피며 칼을 집지 않는다. 특히, 천미네는 체념한 듯 눈물만 흘리고 있다.

"셋!"

성상덕은 미네의 상태를 알았는지 직접 칼을 잡는다.

무기를 손에 쥐자 지안을 찌를까 고민해 보는 그였다.

지안을 본다.

하지만 지안의 표정은 아까와 다를 바가 없다.

그래서 더욱 두려움을 느끼게 된다.

"넷!"

이번엔 미네를 바라본다.

두려움, 절망, 체념 등이 가득한 그녀의 얼굴.

하지만 자신과 눈빛이 마주치자 미네는 용기를 얻었는지 소리쳤다.

"저년을 찔…… 헉! 허억~"

하지만 소리를 지르기도 전에 날카로운 무언가가 그녀의 배 깊숙이 들어오는 것을 느꼈고, 그와 함께 끔찍한 고통이 온몸을 감싼다.

"어, 어떻게…… 다, 당신이…… 커억!"

마지막 말도 끝까지 잇지 못했다.

고개를 숙인 채 다시 한 번 힘을 줘 칼을 밀어 넣는 성상덕.

"허윽, 허윽, 허……."

미녜는 처절한 배신감에 원망 어린 눈빛으로 그를 바라보다가 숨을 거둔다.

짝짝짝짝!

"좋아! 아주 훌륭해."

"돼, 됐지? 이제 모든 게 된 거지?"

"당신이라는 남자 정말이지 악랄해. 한데, 너무 어리석어. 내가 정말 널 살려둘 거라고 생각한 거야? 호호호호!"

피 묻은 칼을 들고 있던 성상덕은 지안이 한 말을 잠시 생각하다 비로소 자신이 희롱당했다는 걸 깨닫는다.

"이 악마 같은 년!"

칼을 들고 일어나 그대로 지안에게 달려든다.

뿌득!

"으아아악! 컥!"

하지만 지안은 그의 칼 든 손을 잡고 한쪽으로 꺾어 버리자 팔목 뼈가 수수깡처럼 부러져 버린다.

그리고 비명을 지르는 그의 턱을 향해 주먹을 날린다.

"케엑, 켁!"

엉망진창이 된 성상덕의 입으로 부서진 이빨과 피가 꾸역꾸역 흘러나온다.

"걱정 마. 죽지 않을 정도로 때렸으니까. 먼저 간 저년이 행복했다는 걸 알게 해주지."

"아…… 이, 이러…… 악! 윽! 켁!"

지안은 쓰러진 그를 무차별적으로 때리기 시작했다.

비명을 지를 수 없을 만큼 끔찍한 고통이 온몸으로 느껴지는 성상덕은 차라리 죽고 싶다는 마음이 들 정도였다.

"후~ 이게 끝이라고 생각하지 마. 이제 시작이니까."

"으으으, 아…… 아……."

성상덕은 제발 죽여 달라고 말하고 싶었지만 말을 할 수가 없었다.

혀를 깨물고 싶어도 이빨이 모조리 부러져 나가서 불가능했고, 코뼈도 주저앉았는지 숨 쉬기도 힘들었다.

"참, 널 보고 싶어 하는 사람이 있어."

등을 돌리고 방으로 들어가는 지안을 보고 도망가려고 손발을 움직여 보았지만 끔찍한 고통만 일 뿐 마치 자신의 팔다리가 아닌듯 덜렁거리기만 했다.

성상덕은 지안이 죽여주기만을 기다릴 수밖에 없었다.

"여기 누워 있는 사람이 보여?"

지안은 병원용 침대를 끌고와 소리친다.

그리고 축 늘어진 성상덕의 멱살을 잡고 일으켜 침대에 누워 있는 이를 보게 한다.

부러진 팔다리뼈가 움직여 생살을 찌르며 머리가 하얘질 정도의 고통이 일어났지만 그가 할 수 있는 일은 없었다.

'지, 지안?'

침대에 누워 있는 사람은 비록 해골에 살가죽만 붙어 있는 모습을 하고 있었지만 누구인지 단번에 알아볼 수 있었다.

"호호! 알아보는 건가?"

"우~ 우…… 우!"

"난 누구냐고? 글쎄, 육체는 죽어가고 있지만 복수를 위해서 정신만 살아온 지안이라고 할까?"

성상덕은 지금 눈앞에 있는 지안과 침대에 누워 있는 지안을 보고 이해할 수가 없었다.

그녀의 말을 들어도 마찬가지였다.

하지만 지안은 그가 알아듣기 쉽게 설명한다.

"육체는 식물인간이 되어 죽었지만 정신만은 살아 있었어. 우연한 기회에 정신만 다른 사람에게 옮겨 다닐 수 있게 되었지. 그래서 한 여자에게 옮겨와 예전 나의 모습대로 성형수술을 한 거야. 진즉에 죽일 수도 있었지만 짜릿한 복수를 하고 싶었어. 그게 바로 오늘이지. 호호호호!"

여전히 모든 걸 이해할 수 없었지만 죽음을 피할 수 없다는 사실만은 확실히 알 수 있었다.

"왜? 눈을 감는 거지? 눈을 떠! 네놈이 날 어떻게 만들어 놨는지 보란 말이야!"

지안은 눈을 감은 성상덕을 흔들며 소리쳤지만 그는 더

이상 아무 말도 없었다.

"당장 눈을 뜨란 말이야! 아님 이 칼로 널 계속 찌를 테야."

그대로 아무 말 없는 그를 향해 칼을 휘두른다.

피가 튀고 살이 베이는 소리가 거실을 채운다.

하지만 고통스러워하면서도 성상덕은 결코 눈을 뜨지 않는다.

"흥! 보지 않는다면 눈도 필요 없겠……."

"……미아해. 그마 나 주겨조"

성상덕은 온 힘을 다해 마지막 말을 했다.

그것이 제대로 전달되었는지는 몰라도 이제는 정말 아무런 힘도 의욕도 없었다.

"……"

지안은 잠시 행동을 멈추고 인간의 몰골이 아닌 성상덕을 바라본다.

그리고 방금 그가 한 말을 곱씹어본다.

암흑의 정신세계에선 지금 했던 것보다 더 심한 짓을 많이 했었다.

상상하는 모든 짓을 해봤고, 그중에 가장 잔인하게 죽일 생각이었다.

하지만 돌연 귀찮아졌다.

"꺼져!"

지안은 그 한마디와 함께 칼을 성상덕의 심장에 박는다.

부들거리며 곧 축 처지는 그를 천미네가 있는 곳에 던져 버린다.

지안은 기뻤다.

지난 4년간 매일같이 기대하던 순간인데 어찌 기쁘지 않겠는가?

"이게 끝인가? 훗!"

하지만 약간의 씁쓸함과 공허함이 이제는 비어 버린 복수의 자리를 빠르게 메운다.

이제 그녀가 할 일은 단 하나.

그녀의 육체에 있는 생명 유지 장치를 떼는 일이었다.

그럼, 지안의 육체는 얼마 버티지 못하고 죽을 것이다.

"기쁘지? 이제는 편히 쉬어. 숨 쉬는 동안은 내가 옆에 있어 줄게."

생명 유지 장치를 벗겨낸 지안은 자신의 얼굴을 쓰다듬는다.

"후우~ 후우~"

시간이 지나자 가늘게 숨을 쉬고 있는 지안의 육체는 그마저도 힘든지 숨소리마저 차츰 잦아든다.

그리고 마침내 숨을 멈춘다.

"잘 가."

지안은 그녀의 육체에 마지막으로 쓰다듬고 덮고 있던 이불을 당겨 얼굴을 덮는다.

꽝!

잠겨 있던 현관문이 갑자기 엄청난 힘에 산산조각 나며 터져 나간다.

지안은 깜짝 놀라며 문 쪽을 바라본다.

어리지만 낯선 사내.

싸우다가 들어온 건지 몸 상태가 좋아 보이지 않는다.

하지만 한 번도 본 적이 없는 사람이었다.

막 화를 내려 하는데 그 사람의 목소리가 먼저였다.

"지안! 피해!"

"금?"

그 사람은 자신을 향해 뛰어오고 있었고, 비명처럼 내지르는 소리에 그가 현금이 점핑한 사람이라는 걸 알 수 있었다.

반가운 마음에 이름을 부르고 다음 말을 하려 했지만 더이상 말이 나오지 않았다.

무언가 자신의 목을 베고 지나갔다는 것이 느껴지는 순간 주변의 모든 것이 슬로우비디오처럼 주변이 느려진다.

"안~~~~돼!"

현금은 뛰어오고 있었고, 그녀의 뒤쪽에 나타난 이들은 지안의 목을 베고 지안의 죽어 버린 육체의 심장에 칼을 박고 있었다.

아찔함과 함께 멍해지는 느낌.

달려오는 현금의 얼굴 표정은 분노와 슬픔이 공존하고 있었다.

'금아, 왜 그런 표정을 짓고 있는 거야?'

털썩! 무릎을 꿇는 지안.

'이제 죽는 건가? 점핑을 해야 하는데 내 육체도 없으니

갈 곳이 없군.'

눈앞이 급격히 흐려진다.

'널 다시 한 번 보고 싶은데…… . 너에게 아직 좋아한다
는 말도 못했는데…….'

누군가 자신을 받치고 무슨 말을 하는데 들리지 않는다.

'미안해, 신미향…… 좋아해, 금아…….'

…….

파앗!

지안은 피칠을 한 채 그녀를 안고 울부짖는 남자의 품에
서 눈을 감는다.

복수를 끝마쳐 기쁜 표정과 다시 한 번 현금을 보고 싶다
는 생각을 가진 채.

11.
친구를 잃다

"어떻게 들어가지? 음……."

오전이 되기 전 나상열에게 점핑하니 성상덕에 대한 조사가 끝나 있었다.

그래서 만만한 동수 형을 또 심부름 보낸 후, 학교에 있는 이지원을 조퇴시켜 점핑을 했다.

그리고 지안의 집에서 멀리 떨어진 곳에 차를 세워둔 후 고민 중이다.

암천회의 인물들이 감시를 하고 있기에 침투가 애매한 상황.

동수 형이 그들에게 걸리면 병원과 연관된 내가 의심을 받을 수 있기에 최대한 조심해야 했다.

마침 내 차 옆에 주차를 하고 짐을 내리는 택배 기사분이 보인다.

"가장 적당하겠다."

난 택배 기사에게 점핑을 했다.

차에서 자다가 일어났다고 착각한 동수 형은 시계를 확인하더니 좌석을 바로하고 촬영장으로 향한다.

'헐, 팔자에 없는 택배 배달을 다하게 생겼군.'

그나저나 암천회 놈들 참으로 치밀하다.

암천회 회원 중 중앙 정부에 누가 있는지 형사까지 대동해 지안이 있는 아파트로 들어가는 물건까지도 먼저 검사를 했다.

'마침 잘됐군. 지안의 옆집에 택배가 왔어.'

난 부지런히 물건을 배달했다.

아파트 앞 상가에 먼저 배달을 하고 아파트도 동마다 들러야 했지만 암천회의 의심을 받지 않을 수 있었다.

띵!

아파트 문이 열리자 난 짐을 어깨에 맨 채, 지안의 초인종을 눌렀다.

"아무도 없는 건가?"

몇 번을 눌러도 대답이 없는 걸 보니 아무도 없나 보다.

난 주변을 돌아보고 선도법 3단계를 활성화했다.

내 몸처럼 넓게 사람의 기운을 알아차릴 순 없지만 어느 정도는 알아차릴 수 있기 때문이다.

'없군. 그나저나 계단에 한 명이 감시를 하고 있었군.'

"이런! 옆집인데 벨을 잘못 눌렀잖아."

난 일부러 감시자가 들으라는 듯 외치고 옆집의 초인종을 눌렀다.

─누구세요?

"택배 왔습니다."

잠시 후 중년 부인이 문을 열어준다.

"여기 있습니다."

"고마워요. 여기 음료수 한잔해요."

친절한 아주머니는 컵에 음료수를 한가득 담아 나에게 건넨다.

"하하하, 감사합니다. 제가 정신이 없었는지 옆집 벨을 계속 눌렀네요. 하마터면 문 옆에서 전화할 뻔했습니다."

"호호! 간혹 나도 실수하는데 뭘. 그리고 옆집은 오늘 어디 가나 보더라고. 아침에 보니 외출복으로 어디론가 가던데."

"그래요? 어쨌든 물건 전달해 드렸으니 전 가보겠습니다."

"수고하셨어요."

"네~ 잘 마셨습니다."

엘리베이터를 기다리는데 예감이 좋지 않다.

이곳에 여전히 감시자가 있다는 것은 지안이 오늘 중으로 돌아올 수 있다는 얘기.

암천회가 신미향과 지안을 죽이려면 지안의 육체가 있는 곳을 먼저 알아야 가능했다.

'만일 오늘 지안이 간 곳에 지안의 육체가 있다면…….'

분명 그녀를 따라간 암천회는 그 자리에서 공격할 것이다.

'서둘러야 해. 아무래도 예감이 좋지 않아.'

엘리베이터를 타고 내려오던 난 유담현에게 점핑했다.

지긋지긋한 암천회 놈들.

점핑하는데 꽤나 피곤했다.

그리고 이 지루하고 더러운 일체감이라니.

"내 말 듣고 있니?"

"……아, 자익 사형 죄송해요. 잠깐 그곳에 가서 어떻게 해야 할지…… 딴생각을 했네요."

"녀석하곤. 너무 걱정 말고 내 옆에 딱 붙어 있어."

"헤헤, 알았어요."

다행히 유담현의 기억을 꼼꼼히 체크해 둔 것이 도움이 되었다.

배자익은 내 연기에 속아 넘어간다.

재빨리 기억을 읽었다.

이 녀석에게 점핑을 한 지 얼마 되지 않아서 그런지 들어오는 기억은 아주 적었다.

그리고 역시나 내 예감은 맞았다.

지금 지안이 있는 곳으로 암천회 사람들이 움직이고 있었다.

유담현은 배자익과 한 조가 되어 움직이고 있었고, 배자익이 운전 중이었다.

"한데, 그곳에 정신 이동자의 육체가 있다는 건 사실인가요?"

"정보대가 알려준 것이니 틀림없을 거다."

"하지만 아니면 어떻게 해요? 정신 이동자가 점…… 육체로 돌아가 버리면요?"

"돌아가기 전에 처치하면 되지. 만일에 사태에 대비해 육체를 찾으려고 한 것이지. 그냥 순식간에 목을 베면 정신 이동이 불가능해."

"그렇구나."

이들은 정신 이동자에 대해 많이 알고 있었다.

물론, 내가 아는 것도 다른 점도 있었지만 워낙 띄엄띄엄 들어온 기억이라 추측도 쉽지 않았다.

이럴 때 정보를 얻지 않으면 언제 얻을까.

"혹 저희에게 정신 이동을 하진 않을까요?"

"사형이 수다쟁이라더니 정말 말이 많구나. 정신 이동자가 우리에게 이동을 못하게 스승님의 각인을 받잖아?"

"네. 그랬죠."

"설령 뚫고 들어오려고 해도 시간이 오래 걸리지. 그 시간이면 충분히 처치할 수 있어."

"전 아무래도 사형들보다 약하잖아요. 저에게 이동을 해오면…… 으~ 소름 돋아."

"넌 근처도 안 갈 텐데 무슨 수로 이동을 하겠니. 그들은 사람을 봐야 이동을 할 수 있어."

빙고! 나와 다른 점을 알아냈다.

이들은 원거리 점핑에 대해서는 모르는 듯하다.

이건 나에게 꽤 큰 무기가 될 정보다.

'가만? 난 어떻게 원거리 점핑이 가능했지?'

곰곰이 생각하니 바로 선도법 덕분이었다.

선도법을 배운 후, 점핑하는 한계인 하루 9번이란 한계도 없어졌고, 영체가 힘이 달려 육체로 튕기는 것도 없어졌다.

'이거 묘한데.'

정신 이동자를 죽이려는 자들의 무술이 정신 이동에 도움이 되다니 상당히 아이러니하다.

머릿속에 뭔가 떠오를 것 같으면서도 퍼뜩 생각나지 않는다.

'에이~ 설마 그냥 도가적인 무술이라 맞는 거겠지.'

지금은 이것 말고도 질문이 많았다.

정보가 내 생명줄이니 부지런히 입을 놀려야 했다.

◆　　◆　　◆

차가 향하는 곳은 나도 들른 적이 있는 곳이었다.

지안의 별장.

당장에라도 별장까지 올라가고 싶은 내 마음과는 달리 차는 별장에서 꽤 떨어진 곳에 섰다.

"사형, 이 허허벌판에 정신 이동자가 있어요?"

"우리 임무는 외곽 경비다. 자, 이거 끼고 따라오너라."

내 과장된 행동에 피식 웃으며 이어폰으로 된 통신 장비를 준다.

—……저녁 식사 준비 중. 거실 셋, 다른 방에 한 명.

—따로 떨어진 한 명의 움직임이 전혀 없는 것을 보아 타깃(Target)의 육체가 확실한 것으로 보인다.

통신 장비에서는 간간이 별장의 상황이 흘러나온다.

당장에라도 달려가야 하는데 주변에 기운이 꽤 많다.

그나마 다행인 것은 내가 몸을 차지한 유담현이 선도법 2단계에 도달해 있다는 것이다.

윤승호를 이곳에 데려오기는 시간도 없었고 너무 위험부담이 컸기에 유담현의 몸을 사용하기로 결정했다.

그래서 점핑을 한 다음부터 계속해서 선도법 3단계를 활성화시켜 기를 흡수하며 빠르게 대주천을 돌리고 있다.

—치이익~! B3 구역 민간인 접근 중.

해가 지고 있어 어둑해지는 길을 휘적거리며 다가오는 이가 있었다.

"내가 처리할 테니 넌 보고만 있어라."

물론, 내가 나설 필요는 없었다.

하지만 다가오는 사람은 지안의 별장을 관리해 주던 할아버지셨다.

일찍 죽은 아들 내외 때문에 손주를 홀로 키우고 있었는데 내가 건네는 돈으로 손주 고등학교 학비를 보태신다며 무척이나 좋아하셨다.

그 모습이 눈에 밟힌다.

그래서 내가 앞서 나가 말을 걸었다.

"할아버지, 여긴 웬일이세요?"

"누구여?"

"별장을 지키러 온 사람이에요."

"아! 애기씨가 파티를 하는 중이신가 보구먼? 워낙 오랜만에 오신 거라 먹거리 이것저것 가져왔어."

"지금 올라가시면 안 되세요. 그건 저희가 갖다드릴 테니 주세요."

"허허, 애기씨 얼굴이나 보려 했더니만……. 여기 있네."

"왔다 가셨다는 말은 하겠습니다."

"그려, 고맙네."

제법 무거운 보따리를 나에게 건네고 다시 왔던 길을 돌아가는 할아버지.

"담현이 너 무슨 짓이냐!"

지금까지 좋은 사람처럼 말하고 행동하던 배자익의 나지막한 말투에 냉기가 서렸다.

"저, 그게……."

"회(會)에 들어가서 보자꾸나."

나도 참 어리석다.

잠깐 얘기를 나눴다고 배자익이 마치 이웃집 형이라도 된 듯한 착각을 하고 있었나 보다.

저들은 지안과 나의 적(敵)이다.

"아!"

내 착각의 대가는 컸다.

어두운 길을 가던 별장 관리인 할아버지의 기운이 급속도로 사라지는 게 느껴진다.

"계속 그렇게 정신 놓고…… 윽!"

난 배자익의 입을 막고 허리춤에 차고 있던 칼을 뽑아 그대로 심장에 쑤셔 넣었다.

그리고 눈을 부릅뜬 배자익의 귀에 속삭였다.

"고마워. 네놈들이 어떤 놈들인지 알게 해줘서."

힘없이 쓰러지는 그를 받혀 풀 숲에 눕힌다.

혹여나 피 냄새가 번질까 박힌 칼은 뽑지 않았다.

암천회도 얼마 지나지 않아 공격받았다는 사실을 알겠지만 그 얼마의 시간이 내겐 중요했다.

배자익의 몸을 뒤져 그가 차고 있던 칼을 뽑았다.

내가 주변을 느끼는 기감이 암천회의 고수들보다 더 좋은지 나쁜지 알 수는 없다.

하지만 배자익이 죽고 잠시 기다려 봄으로서 대략적으로 판단할 수 있었다.

'내가 더 뛰어나다.'

내 주변으로 느껴지는 2명의 기운.

할아버지를 죽인 이들이다. 그들은 배자익의 죽음을 못 느끼고 있음에 틀림없다.

다들 귀에 이어폰을 끼고 있으므로 버튼을 누른 채 말할 시간을 주면 안 된다.

극히 짧은 시간에 저들을 죽여야 했다.

난 관리인 할아버지가 주신 보따리를 풀었다.

감자, 고구마, 버섯 등 간단한 먹거리.

그중 감자와 고구마을 챙겨 일어나 그들에게로 갔다.

어차피 나나 이들에게 어둠은 문제될 것이 없었다.

"유담현, 자리를 지켜야지."

"자익 사형이 이거나 좀 드시래요."

"뭔데?"

"고구마하고 감자예요."

이들도 출출한 했는지 아님 배자익을 들먹여서인지 아무런 의심 없이 감자와 고구마를 먹기 시작한다.

"우물우물, 맛있네."

"그러게요. 별미네요."

그런 두 사람의 목을 향해 팔과 칼에 기를 두른 후 선도술을 펼쳐 그었다.

서걱! 서걱!

목뼈를 지났음에도 칼에 기를 둘러서인지 약간의 걸림 없었다.

맛있게 씹다가 갑자기 표정이 굳어지는 두 사람.

결과를 굳이 볼 필요 없이 난 뒤를 돌아 별장을 향해 뛰기 시작했다.

선도법의 내공 면에서 보자면 난 강하다.

유담현의 기억 속 사형들 중 가장 맏형인 차영호도 아직 2단계를 완성하지 못한 걸 보면 나의 강함이 짐작된다.

하지만 실전에서는 정말 약했다.

일반 깡패들이라고 하면 트럭으로 온다고 해도 무찌를 자신이 있건만 이들 암천회의 한 명을 제대로 이길지 의문이었다.

─침입자 발견.

─제거하라!

귀에 끼우고 있던 이어폰이 아니었다면 난 분명 죽었을 것이다.

기를 감추는 법을 배우면 뭐하나?

별장으로 뛰어가다 보니 놈들의 이목에 걸리게 되는 건 당연지사.

또한 놈들도 기본적으로 기를 감추고 있으니 발견하기도 힘들었다.

하민에게서 느껴지던 찌릿함이 필요한 순간이었다.

'제거하라!' 라는 말이 들리자마자 나무 위에서 누군가가 덮쳐 오는 게 느껴졌고, 재빨리 옆으로 굴러서 놈의 도(刀)을 피할 수 있었다.

"윽!"

선도술 2단계를 펼치며 뒤이은 공격을 막아보지만 시퍼렇게 날이 선 도가 기어코 왼팔을 훑는다.

선도술 2단계로 어느 정도 통하겠지 하던 생각은 착각이었다.

하긴 평생을 선도술에 매달려 있는 놈들인데 무작정 동작만 따라한 내가 이기려고 하는 것이 도둑놈 심보다.

"놈! 어떻게 선도술을…… 반(反)암천회의 일당이냐?"

'지금 나한테 그따위 소리가 들리겠냐? 지안을 구하기도

전에 죽을 지경인데?'

난 지금 유담현의 몸으로 선도술 3단계를 펼칠 수 있을까 라는 생각과 녀석의 한 손이 귀에 닿게 해서는 안 된다는 것, 두 가지 생각뿐이었다.

"잠깐! 넌……."

내 얼굴을 보고 놀라는 놈.

그 찰나의 틈이 기회를 만들었다.

놀람 때문인지 순간 놈의 혈을 막고 있는 벽이 흔들렸고 한참 촬영 중인 윤승호에 있는 반쪽을 점핑시켰다.

―C7 어떻게 됐나?

"……처리 완료."

―정체가 뭔가?

"선도술을 사용하는 걸 보니 반암천회로 판명됨."

촬영장은 지금 난리가 났을 것이다.

하지만 일단 지안을 구하는 게 우선이었다.

―반암천회? 설마 정신 이동자와 손을 잡으려는 생각인 가? A팀은 지금 당장 정신 이동자 척결에 들어간다. 그리 고 각 조 현재 상태를 보고하라.

젠장! 일이 꼬였다. 이제부터 정말 시간과의 싸움이다.

이어폰으로 차영호의 말이 끝나기도 전에 방금 전 날 향 해 도를 휘두르던 주혁기를 앞으로 뛰어 보냈다.

그리고 유담현은 기를 최대한으로 빨아들이며 그 뒤를 따 른다.

소란스럽게 자신이 건재함을 보고 하는 암천회.

―B3조, B4조 응답하라! B1조, 3조와 4조의 상황을 파악하라.

―예!

―지금 별장으로 뛰어오는 인영 발견!

―제거하라! C조 모두는 C8의 앞쪽으로 집결하라.

앞서가는 주혁기의 머리위로 떨어지는 C8.

주혁기를 옆으로 피하게 하고 난 칼을 들고 그대로 C8을 향해 몸을 날렸다.

―푸욱!

"커억! 씨팔……."

등에 일검을 제대로 맞은 C8은 자신의 코드명을 외치곤 쓰러진다.

주혁기는 그대로 앞으로 보내고 난 살짝 우회해서 달렸다.

앞에 몇 명의 기운이 느껴진다.

"이얍~~!"

주혁기는 그들을 향해 멋지게 도를 치켜들고 몸을 날린다.

그리고 내 육체가 된 윤승호의 몸이 당기는 힘에 거부하지 않고 점핑을 한다.

"커어어억! 왜…… 날?"

"혀, 혁기 사형?"

"사, 사제!"

도를 치켜들고 달려들던 주혁기도, 갑작스럽게 달려드는

이를 향해 도를 찌른 암천회 사람들도 서로의 얼굴을 확인하고 소스라치게 놀랐다.

난 그 틈을 타 별장 정문에 다다랐다.

—안, 안 돼! 저놈을 막아!

어딘가에서 날 보고 있는 차영호가 소리를 질렀지만 이미 늦었다.

달려오는 내내 모아뒀던 기를 팔에 두르고 정문을 때렸다.

콰앙!

산산조각 나며 흩어지는 정문을 뚫고 안으로 들어갔다.

'지안!'

옷에 피를 잔뜩 묻히고 있는 지안과 침대에 누워 있는 지안이 보인다.

잠깐의 혼란.

하지만 어찌 된 일인지 물어볼 겨를이 없었다.

그녀의 주변으로 여러 개의 기운이 다가가는 게 느껴진다.

"지안! 피해!"

말보다 몸이 먼저 움직였다.

빛처럼 빨리 지안이 있는 곳에 달려가 그녀를 구하고 싶었다.

"금?"

지안의 입 모양은 분명 날 부르고 있었다.

'피해! 제발 피하란 말이야!'

나의 생각이 입으로 나오기도 전에 그녀의 목을 스쳐 지나가는 칼이 보인다.

또한, 침대에 있는 지안의 목에서도 피분수가 터져 나온다.

그리고 목을 감싸며 쓰러지는 지안의 가슴에 단검이 박힌다.

두뚝!

슬픔과 자책감으로 물들던 머릿속에 뭔가가 끊기는 소리가 들린다.

그리고 치솟는 분노.

선도법 3단계는 분노의 힘 때문인지 순식간에 모공(毛孔)이 열리며 머리의 홀과 하나가 된다.

온몸 전체가 하나의 홀이 된 난 광포하게 기를 빨아들인다.

"으아아아~"

그리고 어느새 눈앞에 보이는 암천회를 향해 선도술 3단계를 펼친다.

윤승호와 이지원의 몸이 아닌 타인의 몸으로 2단계가 한계였지만 유담현의 몸으로는 가능했다.

선도술 2단계는 막을 수 있을지 모르지만 선도술 3단계는 한 호흡에 9식,

선도술 2단계의 빠른 속도였다.

퍽!

놀란 눈의 적은 피떡이 되어 뒤로 날아간다.

지안을 죽이는데 투입된 인원은 총 5명.

나머지 4명의 반응은 빨랐다.

그들이 들고 있던 단검이 내 몸 구석구석 치명적인 부위를 향해 다가온다.

'살을 준다!'

육참골단(肉斬骨斷:자신의 살을 내주고 상대의 뼈를 끊는다.)

지금 나의 빠르기라면 피하려면 할 수 있다.

하지만 시간이 없었다.

2개의 단검이 옆구리와 등의 어깨를 찌른다.

그 사이 앞에 있던 둘의 검을 막음과 동시에 역시 온몸을 부수듯이 선도술을 펼쳤다.

그리고 다시 몸을 살짝 돌려 막 검을 회수하려는 놈들에게 주먹을 날린다.

켁! 컥! 윽! 커억!

숨 네 번 쉴 동안에 일어난 일.

앞에 두 명이 땅에 떨어지기도 전에 뒤에 두 명을 없앨 수 있었다.

"지, 지안."

바닥에 무릎을 꿇고 죽어가는 지안을 한 손으로 안았다.

어깨에 칼을 맞고 무리하게 움직여 근육이 끊어졌는지 오른팔이 움직이지 않았다.

하지만 고통은 느껴지지 않는다.

눈앞에 끊임없이 피를 쏟고 있는 지안만 보일 뿐이다.

"점핑을 해! 누구에게라도 점핑을 하란 말이야."

늦었다는 걸 안다.

하지만 난 외쳤다.

힘겹게 뜨고 있던 지안의 눈이 감긴다.

그리고 날 향해 다가오려던 그녀의 손은 힘없이 아래로 떨어진다.

"……지안?"

눈 감은 지안의 몸에서 빠르게 생기가 사라져 간다.

나의 미숙함과 적극적이지 못했던 대응에 난 친구를 잃었다.

나를 향해 다가오는 놈들의 기운이 느껴진다.

순간 복수의 방법이 머릿속에 떠오른다.

◆　　◆　　◆

차영호는 부서진 현관문을 통해 안으로 들어갔다.

이미 기감으로 확인했지만 정신 이동자 곽지안을 죽이기 위해 들어갔던 다섯 명의 살영대는 '작전 성공!'이라는 마지막 말을 남기고 죽어 있었다.

피비린내가 물씬 풍기는 거실 가운데 자신의 막내 사제가 신미향으로 추측되는 인물을 껴안은 채 울고 있는 모습이 보인다.

주변의 사제들과 살영대의 인원들이 움직이려 했지만 차영호는 손을 들어 저지한다.

"너도 정신 이동자인가?"

"……그래. 너희들이 죽이려 하는 정신 이동자지."

유담현은 천천히 곽지안을 내려놓고 일어나며 말한다.

차영호는 이미 오래전에 두 명이 아닐까라는 생각을 해본 적이 있었다.

하지만 지금까지 단 한 번도 없었던 경우라 무시를 하고 일을 진행했는데 그 결과 사제들을 잃게 되어 마음이 착잡 했다.

"내가 정신 이동을 할까 겁나지 않나?"

"할 테면 해봐. 그 즉시 넌 죽게 될 테니까."

차영호의 말에 주변의 모든 인물들이 기를 끌어올리며 준 비를 한다.

"크크크! 자신만만하군."

정신 이동자가 빙의한 유담현은 웃고는 있었지만 결코 자 신들에게 시선을 떼지 않고 있었다.

"곽지안을 구하러 온 건가?"

"물론, 하지만 늦어 버렸어……."

"연인이었나?"

"……."

만약을 위해 던진 질문이었다.

오늘 저 정신 이동자를 놓치게 된다면 중요한 단서가 되 어줄 것이다.

"머리 굴리는 소리가 여기까지 들리는군. 하지만 누가 봐 도 내가 구하러 온 걸 보면 그렇게 생각할 수 있겠지. 한데,

그쪽만 질문을 하니 뭔가 불공평하군."

"말해."

"왜 정신 이동자를 뒤쫓나? 너희들에게 우리가 피해를 준 것도 없는데."

"정신 이동자 있다는 자체가 피해지."

"크크크! 솔직히 말하지 그래? 너희들은 그냥 개일 뿐이라고. 암천회 회원들의 돈과 권력을 지키는 개."

"닥쳐! 어디서 함부로 지껄이느냐?"

정신 이동자의 말에 옆에 있던 한 명이 발끈해 소리친다.

"정곡을 찔렀나 보군. 하하하하!"

"그렇게 생각할 수도 있겠지. 하지만 정신 이동자는 반드시 죽어야 해. 왜냐하면……."

"왜냐하면?"

"너희는 재앙이니까."

차영호의 말에 유담현은 잠깐 생각에 잠긴다.

그리고 재미있다는 듯 웃는다.

"하하하하! 재앙이라……. 맞는 말이지. 정신 이동자가 정신 이동을 많이 하면 미쳐 날뛰는 것 때문에 그런 거라면 맞는 말이야."

"맞아. 그래서 제거되어야 해."

"좋아! 재앙이 되어주지."

"뭐라고?"

"귀가 막힌 건가? 재앙이 되어 준다고. 너희가 원하는 대로 재앙이 되어줄게. 어차피 날 죽일 거잖아? 그러니 죽기 싫어서라도 재앙이 되어야겠지."

차영호는 말이 이상하게 흘러간다고 느꼈다.

그의 뒤에 반암천회가 있을지 모른다는 생각에 떠보기 위함이었는데 오히려 자극한 꼴이 됐다.

하지만 약한 모습을 보일 수는 없었다.

"이곳에서 빠져나간다고 오래 버틸 수 있을 것 같은가?"

"왜? 내가 내 육체로 돌아갈까 겁나는 건가? 하지만 어쩌지 난 지금 너희들 따위는 눈에 안 들어오거든. 저기 누워 있는 쓰레기들도 내 1초식을 못 받더군. 하하하!"

"놈!"

살영대는 살기가 강한 만큼 성질도 급했다.

특히, 거실 전체가 피 냄새로 가득했다.

살영대가 미쳐 날뛰지 않는 게 이상할 정도인 환경에서 정신 이동자의 말이 도화선이 되었다.

쌍비조(雙飛爪:손톱이 길게 뻗은 모양의 무기)를 쓰는 살영대원은 빠르게 나아가며 정신 이동자를 토막 내려 한다.

파파파파파파팍!

"크악!"

하지만 다가선 것보다 빠르게 뒤로 튕겨져 나오는 살영대원.

가슴과 얼굴이 비정상적으로 찌그러진 채 곧 숨을 거둔다.

"선도술 3단계?"

차영호는 경악해야 했다.

유담현이 살영대원에게 펼친 것은 분명 선도술이었다.

하지만 육안으로 몇 식을 동시에 펼쳤는지 자신도 알 수가 없었다.

이제 정신 이동자가 반암천회와 손을 잡았는지가 중요한 게 아니었다.

저자를 오늘 죽이지 못하면 진정 재앙이 될 것이었다.

물론, 막내 사제인 유담현의 몸이라는 것이 마음에 걸렸지만 지금 그는 유담현의 사형이 아니라 정신 이동자 제거의 책임자였기에 마음을 굳혔다.

게다가 지금 한 팔을 제대로 사용하지 못하는 듯하니 기회라면 기회였다.

차영호는 기를 끌어올렸다.

그게 신호가 된 듯 일제히 기를 퍼트린다.

"와라!"

스무 명이 넘는 인원이 내뿜는 기운에 놀랄 만도 할 텐데 정신 이동자는 웃음을 띤 채 한 손을 까닥이고 있다.

차영호는 왠지 모를 불안감이 생겼지만 당할 거라는 생각은 들지 않았다.

"쳐랏!"

차영호를 선두로 정신 이동자를 에워싸려 했다.

하지만 정신 이동자도 만만치 않았다.

뒤로 물러나며 벽에 기대서며 한번에 상대할 수 있는 인원을 최소한으로 한다.

차영호가 여전히 선도술 2단계에 머물고 있는 이유는 피부로 호흡을 할 수 없어서 였다.

하지만 좀 더 빠르게 움직임으로서 한 호흡에 3식을 펼칠 수는 있었다.

물론, 그로 인해 쉽게 지친다는 단점은 있었다.

만일 진정 정신 이동자가 선도술 3단계는 펼친다면 알고 있다고 해도 막을 수가 없었다.

하지만 정신 이동자는 한 팔만을 사용했고, 다른 세 사람의 공격도 함께 막아야 했기에 얼추 비슷한 동수를 이룬다.

그리고 사이사이에 무기들이 정신 이동자의 심장과 목 등 치명적인 부위를 노리고 찔러 들어갔기에 곧 그를 죽일 수 있을 거라 차영호는 생각했다.

완전히 한 명을 두고 밀집되어 있는 상태.

그 와중에도 정신 이동자는 웃고 있었다.

'분명 뭐가 있는데?'

차영호의 예감은 계속 위험하다는 신호를 보낸다.

우우우우우우우~!

"대주께서 오셨다!"

"살영대주가 오셨다."

멀리서 들리던 긴 사자후는 끝이 날 때쯤 가까이에서 들린다.

"훗! 이제 도망가야겠군."

"어림없는 소리!"

지금까지 맨손으로 싸우던 정신 이동자는 단검을 손에 쥔다.

하지만 차영호가 생각하기에 단검을 쥔다고 달라질 것은 없는 상황.

그때, 코끝을 스치는 아릿함 냄새.

피 냄새에 정신이 팔려 맡지 못하던 가스(Gas) 냄새를 맡는다.

"모두들 밖으로 피해!"

"늦었어!"

그의 심장으로 향하는 도(刀)와 그가 들고 있던 단검이 부딪치며 불꽃을 일으킨다.

화르륵~

순간, 아래에 깔려 있던 가스에 불이 붙는다.

"모두 밖으로!"

그 순간 묵직한 살영대주의 목소리에 정신을 차린 이들은 일제히 밖으로 몸을 돌린다.

"놓아줄 것 같아?"

이미 폭발 직전의 실내.

정신 이동자는 한 명이라도 더 죽이려는 듯 등을 돌린 이들을 공격한다.

하지만 살영대주는 예상이라도 했다는 듯 그의 공격을 막는다.

"살영대주? 강하군. 다음에 만나지."

"어딜!"

정신 이동을 하려는 그를 향해 살영대주는 선도술을 펼친다.

"커억!"

정신 이동자가 기대고 있던 벽이 부서져 나간다.

그와 함께 뒤로 날아가는 그는 비명을 토한다.

그 순간.

꾸아왕!

차영호와 일행들이 거의 현관문에 도달했을 때 폭발은 일어났다.

차영호는 하단전의 기를 끌어다 온몸을 감싸고 있었지만 등에 엄청난 충격이 느껴진다.

다행히도 그는 부서진 현관문을 통해 떠밀리듯이 튕겨져 나왔다.

꽝!

이어지는 폭음.

몸을 추스르고 폭발의 범위를 벗어나 주변을 살피는 그의 안색은 좋지 않았다.

"반 이상이 못 빠져나온 건가?"

허탈한 듯 중얼거리는 차영호는 화마가 넘실대며 타오르는 별장에서 눈을 떼지 못했다.

그때, 불속에서 누군가에 의해 던져진 듯 2명의 동료가 튀어나온다.

차영호은 재빨리 뛰어가 그중 한 명을 받았고, 그의 사제도 한 명을 받았다.

상태가 나빠 보였지만 숨은 쉬고 있었다.

"빨리 헬기를 불러라."

"옙!"

"사람이 나옵니다."

일렁이는 화마에 영향을 받지 않는 듯 느긋한 걸음으로 누군가를 들쳐 매고 살영대주가 나온다.

"대주!"

차영호의 부름에 살영대주는 그가 무얼 묻는지 알고 있었기에 고개를 흔들었다.

살아 있는 이는 더 이상 없었고, 정신 이동자는 놓쳤다는 의미였다.

"이익……!"

차영호는 이를 앙다물며 주먹을 쥔다.

손톱이 손바닥을 파고들어 피가 흐르는 줄도 모르고 누군가에 대한 분노를 표한다.

"이 아인 내가 데려가겠다."

"살아 있습니까?"

살영대주의 어깨에 있는 유담현의 호흡은 금방에라도 끊길 듯 가늘게 이어가고 있었다.

"어떻게 될지 모르겠구나. 그리고…… 아니다. 뒷정리하고 회(會)에서 보자꾸나."

"예. 사형."

차영호는 그가 말하고자 하는 바를 어렴풋이 알 수 있었다.

그리고 그러기 위해선 지금보다 훨씬 많은 노력을 해야 한다는 것도.

도착한 헬기는 위급한 환자들과 살영대주를 싣고 어두운 밤하늘을 나른다.

잠시 그 모습을 보던 차영호는 빠르게 뒷수습에 들어간다.

그런 그의 눈빛은 분노와 알 수 없는 열기로 일렁이고 있었다.

12.
복수의 시작

"커억! 콜록콜록!"

점핑을 하기 직전 살영대주인지 뭐시기 하는 놈에게 마지막 일격을 당한 고통이 이지원에게 돌아왔음에도 느껴진다.

한참을 컥컥거린 후에야 비로소 호흡이 진정된다.

하지만 고통은 진정이 되었지만 눈앞에 지안이 쓰러지는 장면이 머릿속을 떠나지 않는다.

"……지안."

어금니를 앙다물며 나지막이 그녀를 불러본다.

처음 그녀를 만났을 때부터 함께했던 시간이 주마등처럼 스쳐 지나가며 눈앞이 흐려지더니 결국 볼을 타고 무언가가 흘러내린다.

금방에라도 환하게 웃으며 '바보야! 나 돌아왔어.' 라 말할 것 같은데…….

죽음을 직접 확인했음에도 차마 믿어지지 않는다.

알 수 없는 무기력함이 날 감싼다.

멍하니 앉아 하염없이 눈물을 흘리며 난 지안을 보낸다.

슬픔이 한바탕 지나가고 나니 이번엔 강렬한 복수심이 온 몸을 지배한다.

과거 내 정신세계 속 암흑에서 생활할 때 그때처럼 지금 내 머릿속은 암천회의 인물들을 갈기갈기 찢고 있다.

사실 난 정상적인 인간은 아니었다.

어둠뿐인 정신세계에서 8년간의 생활은 날 정상에서 벗어나게 했다.

마약 사건이나 일본에서 벌인 일들을 생각해 보면 정상인이라면 살인에 대한 두려움, 그리고 인간을 해했다는 죄책감을 가져야 정상이었다.

비록 죽은 이들이 쓰레기에 불과하다 할지라도.

하지만 난 그런 감정 따위가 없었다.

아주 당연하다는 듯이 행했고, 일이 끝난 후에는 아무 일 없었다는 듯 생활했다.

난 두려웠었다.

내가 혹 인간이 가져야 할 기본적인 감성 중 어떤 것들을 잃은 것이 아닌가 하고 말이다.

그래서 정신과 치료를 받아볼 생각도 하고 있었다.

그러나 그 계획은 나중으로 미루기로 했다.

암천회가 완전히 사라지는 그날까지.

지금은 비정상적인 내가 필요한 때였다.

◆　◆　◆

밤새 내가 해야 할 일들을 정리했다.

분노를 했다곤 하지만 그 분노에 날 맡길 정도로 난 바보는 아니었다.

암천회의 힘은 무력이 다가 아니다.

무력(武力)의 힘으로 금력(金力)을 아우르며 다시 권력(權力)까지.

당장에라도 그들을 없애 버리고 싶은 마음이 굴뚝같지만 아직 내 자신의 힘이 미약하다는 걸 알게 되었다.

특히, 점핑 바로 직전에 만난 살영대주는 비록 한 손으로 펼친 선도술 3단계였지만 가벼운 손짓으로 방어를 하며 나에게 치명적인 공격을 가했다.

그의 일수에 온몸이 부서지는 듯한 고통을 느껴야 했고 하마터면 점핑을 못하고 그대로 정신을 잃을 뻔했다.

"지안을 데려와야겠어."

가장 먼저 할 일이 정해졌다.

촬영장에서 윤승호가 쓰러진 시간은 대략 10분.

어제 촬영은 하지 못하고 병원에 들렀다 집에 돌아왔지만 새벽같이 일어나 촬영 장소로 향해야 했다.

아프다는 핑계로 잠깐 쉴 수도 있었다.

하지만 암천회가 본격적으로 조사를 시작한다면 윤승호 역시 조사 대상에 들어갈 터.

이제부터는 행동 하나하나에 주의를 해야 했다.

"정말 괜찮겠어?"

"몇 번을 묻는 거야? 그냥 잠깐 어지러웠던 것뿐이라니까!"

만날 때부터 계속 괜찮냐고 묻는 동수 형에게 결국 신경질적으로 큰소리가 터져 나왔다.

수행팀도 일순 조용해지며 차 안은 삽시간에 싸늘해진다.

엄한 사람에게 화를 내 미안했지만 사과할 기분은 아니었다.

그리고 지금은 지나가는 사람에게 지원에게 있는 내 반쪽을 점핑시켜야 했기에 시선을 차창으로 돌렸다.

동수 형의 몸을 이용하면 편하겠지만 이제는 그마저도 자제해야 한다.

아직 이른 아침이라 그런지 거리는 한산했다.

오가는 사람도 적었고 차를 타고 가면서 적당한 인물을 고르는 것은 힘들었다.

신호등에 걸려 잠시 차가 멈춘 사이 술을 먹었는지 비틀거리며 횡단보도를 건너는 사람이 보였다.

'잘됐군. 저 사람에게 점핑을 하면 되겠어.'

난 내 반쪽을 술 취한 사람에게 점핑시켰다.

약간의 이질감과 함께 일체화가 되어 눈을 떴다.

하지만 눈앞에 보이는 건 나에게 빠른 속도로 다가오는

보도블록.

술에 얼마나 취했는지 몸을 차지하자마자 앞으로 꼬꾸라진 것이다.

"헉!"

재빨리 양손을 뻗어 몸을 지탱함으로 겨우 땅과의 키스(?)를 면했다.

"젠장! 술을 얼마나 먹은 거야!"

내 맘대로 움직여지지 않는 대상을 일으켜 도로 한쪽에 주저앉았다.

그리고 선도법을 행한다.

단전호흡을 단 한 번도 해보지 않은 몸이었기에 가득 채운다는 생각으로 무작정 홀로 기를 받아들인다.

술기운이 어느 정도 사라졌을 때 비로소 사내의 기억을 읽었다.

해고, 아이들, 생활비, 공과금……

입맛이 썼다.

올해 43세의 정훈이라는 남자의 기억에서 특별한 것이라곤 어제 해고를 당했다는 것뿐이었지만 그의 삶에서 평범한 가장의 아픔이 느껴졌다.

하지만 지금은 그의 차가 근처에 주차되어 있다는 것에 감사할 만큼 내 코가 석 자였다.

득달같이 차를 몰아 지안의 별장이 있는 청평의 관할서인 가평경찰서에 도착했다.

주차장에 차를 세워두고 점핑할 상대를 물색한다.

그때, 주차장으로 한 대의 고급 승용차가 들어온다.

'경찰서장인가?'

어깨 위 마크에 4개의 무궁화가 선명하게 눈에 띈다.

지안과 신미향을 데려가려면 꽤 오랜 시간이 걸릴 것이라 생각했다.

불타 버린 시신을 들고 갈 수는 없는 일.

경찰 조사가 끝난 후, 화장할 때를 노려야 했다.

그러자면 경찰서장에게 점핑은 필수였다.

난 경찰서 안으로 향하는 경찰서장에게로 점핑을 했다.

"한 놈 발견이군."

"네?"

"아닐세. 어제 청평의 한 별장에서 불이 났다며?"

경찰서장의 기억을 읽으니 오늘 아침 출근 전 한 통의 전화를 받았다.

별장의 화재 사건을 시끄럽지 않게 처리하라는 전화였는데 그 사람이 경기경찰청 청감이었다.

청감 뒤에 사주한 사람이 있다 해도 상관없다. 몇 번의 점핑이면 분명 암천회 회원을 알 수 있을 것이다.

"들으셨습니까? 어제 불이 났다는 아랫동네 주민의 신고에 119가 출동해 화재를 진압했는데 그곳에서 시신 5구가 발견되었습니다."

"조치는?"

"연락을 받는 즉시 출동해 사건 현장을 보존해 두고 있습니다."

"시신들은?"

"한밤중에 화재 진압이 끝난 상태라…… 현장 감식반이 잠시 후에 출발할 예정입니다."

"출발 전에 감식반 책임자에게 내 방으로 오라고 전하게."

"알겠습니다."

앉아서 편하게 기다려도 되지만 다시 한 번 사건 현장을 가볼 생각이었다.

한 줌의 재가 되기 전, 지안을 보고 다짐할 일이 있었다.

아침부터 흐렸던 하늘은 결국 비를 뿌린다.

어제 싸움이 있었던 별장은 불타 무너져 내려 과거의 고풍스럽던 모습은 오간 데 없었고, 노란색 접근 금지 줄만이 어지럽게 바람에 흔들리고 있었다.

"으~ 지랄 맞은 날씨네요. 이래선 감식이고 뭐고 아무것도 할 수 없겠는데요?"

감식반의 일행인 조문근 경장이 좁은 차에서 옷을 갈아입으면서 연신 투덜거린다.

"경위님, 오늘 기분 안 좋은 일 있으세요?"

"……아니."

물론, 기분이 좋을 리 없다.

막상 지안을 보러 왔지만 두려움이 생긴다.

이것이 다 현장 감식반의 박진수 경위의 기억을 읽은 이후였다.

그의 기억 속은 정말이지 아비규환 그 자체였다.

최근 나름 험하게 살아왔고, 의사들의 기억을 읽으며 더 이상 구토할 일은 없을 거라 생각했는데 그건 오만이었다.

박진수 경위의 기억을 읽자마자 화장실로 달려가 내장이 나올 정도로 끊임없이 구토를 해야 했다.

"가시죠."

"그래."

지키고 있던 경찰들의 경례에 가볍게 고개를 끄덕이곤 접근 금지 줄을 넘어 지안이 있는 곳으로 향한다.

"야! 현장을 이렇게 두면 어떻게 해! 물이 시체 쪽으로 흐르잖아!"

조 경장의 외침에 근무를 서고 있던 경찰들이 수선스럽게 움직인다.

"자식들이 기본이 안 돼 있어. 그리고 이건 뭐니?"

지안과 신미향의 주검은 어느 농가에서 빌려온 비닐에 덮여 있었다.

"에휴! 애들이 일하는 게 이렇지. 경위님 안 그렇습니까?"

"……."

조 경장의 말에 대꾸할 여력이 없었다.

그가 들춘 비닐 아래 지안이라고 짐작되는 그 무언가가 보였다.

불타 철재만 남은 침대 위에 새까만 지안.

복수가 끝날 때까지 절대 흘리지 않을 거라고 다짐했던

눈물이 다시 솟구친다.

"······경위님. 박. 진. 수. 경. 위. 님!"

"으, 응?"

"오늘 진짜 이상하시네. 이 정도 시체에 꿈쩍할 분도 아니고······. 설마? 오늘 형수님이랑 싸웠어요?"

"신소리······. 일이나 하자고."

"정말 싸우셨구나? 아, 알았어요. 일하자고요."

비가 와서 정말 다행이다.

드라마에서 나오듯이 이건 눈물이 아니라 빗물인 것이다.

"······가스 폭발이 일어나기 전 이미 죽어 있었음에 틀림없어요. 훼손이 심히 정확히는 알 수 없지만 불에 타며 고통스러워한 흔적은 보이지 않네요. 검시를 해야 보다 정확히 알 수 있을 것 같아요."

기분 같아선 바로 점핑해 돌아가고 싶었지만 박진수의 기억에 붙여 넣어야 할 장면을 만들기 위해서라도 끝까지 지켜보아야 했다.

"그런 것 같군."

"문제는 이게 타살이냐, 자살이냐가 문젠데······."

현장 감식반의 몸으로 있지만 난 차마 주검에 손을 못 대고 있었다.

하지만 조문근은 연신 심각한 표정으로 조심스레 조사를 한다.

"자네 생각은?"

"일단 보기에는 집단 자살로 보이는데요. 하지만 여기,

이 노인의 시체가 마음에 걸리네요."

암천회는 별장지기 노인의 시체도 이곳으로 옮겨 놨다.

"또한……."

"또한?"

"이 노인의 시체와 이 여자 시체의 목 부근을 보시면 훼손 정도가 심해요. 물론, 불이 타 지붕이 무너지면서 입은 상처처럼 보이지만 혹, 어떤 상처를 숨기고자 일부러 훼손했을 수도 있어요."

"그래서?"

"에이~ 경위님 오늘 저 테스트하시는 거예요? 왜 아무 말도 안 하시고 제 의견만 물어보세요?"

"테스트한다고 생각하고 말해봐. 그래서 결론은?"

"결론은…… 음……."

난 그의 말처럼 테스트하는 사람마냥 물었고 조문근은 나름 깊은 생각을 하며 자신의 의견을 말한다.

"자살이에요. 이 노인의 시체가 걸리긴 하지만 우연찮게 자살하려는 이들을 말리려다 휩쓸렸을 수도 있었겠죠. 경위님 생각은 어떠세요."

"내 생각은……."

순간, 잠깐 고민을 했다.

하지만 결론은 이미 나 있는 상태.

"내 생각에도 자살로 보여."

"아~ 다행이다. 경위님도 은근히 사람 긴장시킨다니까."

형식적인 감식은 끝이 났다.

손짓을 하자 사람들이 와 주검을 하나둘씩 침낭처럼 생긴 자루에 넣는다.

"이 사람은 내가 하지."

"애들한테 맡기시지……. 경위님도 참."

하지만 난 그의 말을 무시하고 부서질 것 같은 지안을 조심스럽게 들어 백에 넣었다.

그리고 지퍼를 올린다.

이렇게 얼굴을 보는 건 정말 마지막이다.

지안의 흔적이라고는 전혀 없는 새까만 주검의 얼굴을 바라본다.

'조금만 기다려 줘. 복수는 내가 해줄게. 그리고…… 네가 간 곳이 아주 밝은 곳이었으면 좋겠다. 지안…… 안녕…….'

지안의 주검 앞에 복수를 다짐하며 지퍼를 끝까지 올렸다.

백에 넣어져 차로 옮겨가는 지안을 차마 보지 못하고 하늘을 바라본다.

이놈의 비, 정말 오질나게도 온다.

◆　　◆　　◆

사건은 노인의 시신이 아랫마을에 사는 천장명이라는 별 장지기였다는 사실만 밝혀진 채 신원 미상 남녀의 집단 자살로 끝을 맺었다.

난 정기적으로 박진수에게 점핑해 결국 지안과 신미향을

손에 넣을 수 있었다.

그리고 그 둘은 지안의 보모님이 모셔져 있는 납골묘에 안치하기로 했다.

과거에 백윤희의 몸으로 왔을 때와 달라진 게 없는데 적막하고 쓸쓸하게 느껴지는 건 분명 기분 탓이리라.

과거 지안이 통장을 숨겨둔 곳을 열어 둘의 납골함을 넣는다.

신미향을 이곳에 넣는다는 것이 다소 이상했지만 분명 지안과 함께하길 바랐을 거라는 생각에 그러기로 했다.

시간이 약이라고 했던가?

직접 겪어보니 그 말뜻을 알 수 있었다.

멍하니 납골묘를 바라보며 편히 잠들길 바랄 뿐 더 이상 눈물은 나오지 않았다.

"지안, 넌 무슨 생각을 하고 있었니?"

사건을 조사하며 궁금했던 점을 그녀가 앞에 있다는 듯 물어본다.

하지만 역시나 대답은 없다.

내가 현장 감식반 박진수로 사건 현장에 갔던 건 마지막으로 지안을 보고자 하는 목적도 있었지만 별장에 있던 패닉룸에 혹 나에 대한 단서가 남아 있을까 하는 우려도 있었다.

하지만 강제로 열린 패닉룸에는 어떠한 증거도 없었고, 심지어 이 사장에게서 빼앗았던 돈 박스도 남아 있지 않았다.

그래서 혹시나 싶어 경찰이 된 김에 지안의 재산에 대해 조사를 해봤는데 그녀의 이름으로 된 모든 재산이 1년 사이 사라진 것이다.

복수를 끝내고 그녀는 어떻게 살고자 했던 것일까?

한적한 외국에서 여생을 보낼 생각이었을까?

그것도 아님 새로운 인물이 되어 나랑 같이하고 싶었을까?

"하긴……. 넌 사랑을 믿지 않았었지?"

난 지안과 평생을 함께하는 꿈도 꾸었었다.

하지만 그녀가 사라졌으니 이제는 알 수도, 이룰 수도 없는 꿈이다.

그녀와 함께했던 과거가 아련히 떠오른다.

그러나 생각을 길게 할 순 없었다.

"크~ 어지간히 신경 쓰이게 하는 족속들이군."

암천회가 나타날 거라 생각은 했지만 실제로 나타나니 기분이 좋지 않다.

저들의 피를 지안과 신미향의 가는 길에 뿌리는 것도 나쁘진 않겠지만 내가 몸을 차지하고 있는 사람은 아무 죄 없는 납골당 관리인일 뿐이다.

볼 일이 끝났으니 그냥 점핑을 하면 끝.

한데, 다가오던 인기척이 어느 정도 가까워지자 일제히 멈춘다.

그리고 익숙한 기운의 한 사람만이 내 쪽으로 온다.

"죽인 것도 모자라 망자가 가는 길도 방해할 생각인가?"

"역시 정신 이동자인가?"

홀쭉해진 볼과 매서워진 눈빛.

보름 전과는 확연히 달라진 차영호였다.

지금 당장에라도 놈의 목을 꺾어 버리고 싶었지만 오늘은 참아야 했다.

"걱정하지 마. 망자가 가는 길까지 방해할 생각은 없으니까."

"그럼, 여긴 무슨 일이지?"

"당연히 널 잡으러 왔지. 그런데 이미 눈치를 챘더군."

"물론, 그렇게 대놓고 몰려오면 바보라도 알 수가 있지."

"그래서 오늘은 널 잡는 걸 포기했어."

"크크크! 고맙다고 해야 하나?"

마치 정의의 사도인 양 행동하는 모습이 역겨웠다.

하지만 그는 내 태도에도 아랑곳하지 않고 말을 잇는다.

"아니, 오히려 오늘 잡히지 않은 걸 후회하게 만들어 주겠다. 앞으로 네놈뿐만 아니라 네놈과 연관된 어떤 사람도 살아남을 수 없을 것이다."

"……하? 하……하……하하하하! 크크크큭!"

차영호의 말에 난 어이가 없어 한참을 웃는다.

자신들이 피해자라고 생각하는 건가?

죄 없는 사람을 죽여 놓고 '그것이 앞으로 일어날 재앙을 제거한 것이다.'라고 말하고 싶은 건가?

상관없다. 저들이 날 적이라고 생각하든 악(惡)이라고 생각하든.

이미 난 저들과 같은 하늘 아래 살 생각은 없었다.

"하하하⋯⋯하~ 어디 마음대로 해봐. 누가 누굴 죽일지는 곧 알 수 있겠지."

차영호도 나도 잠시 서로를 쏘아본다.

당장 죽일 것이 아니라면 부질없는 짓.

난 마지막 말을 건네며 점핑을 준비한다.

"참! 내가 언제까지고 죄 없는 일반인들의 목숨을 걱정할 거라는 착각은 하지 마. 너희 말처럼 지금 미치기 일보직전이니까."

차영호가 뭔 말을 하는 것 같았지만 무시하고 점핑을 했다.

말싸움은 끝에 말한 놈이 왠지 이긴 것 같은 느낌이 들었다.

어차피 싸워야 할 상대라면 괜히 찝찝한 끝말을 들을 필요는 없었다.

웬만하면 두 번 다시 오고 싶지 않은 곳이었지만 일이 있어 들러야 했다.

별장이 있던 곳은 아니지만 불타 버린 그곳이 보이는 마을.

자꾸 눈이 그곳으로 가는 걸 애써 무시하고 목적지로 향했다.

농가라고 해도 요즘은 개축이나 신축을 하는데 내가 들른 곳은 정말 오래된 농가였다.

삐이이이이익!

나무로 된 문이 비명을 지르며 열린다.

"실례합니다."

소 한 마리만 외양간에 있을 뿐 너무 조용한 것이 천경호는 어디 갔나보다.

혹시 몰라 일요일에 왔는데 다시 이곳에 올 생각을 하니 은근히 귀찮다.

그런데 뒤에서 누군가 다가오는 것이 느껴진다.

지게에 뭔가를 잔뜩 지고 오는 앳된 얼굴엔 별장지기 할아버지의 얼굴이 보인다.

"천경호 학생?"

"예, 맞는데 누구시죠?"

"할아버지의 유언을 집행하러 왔어."

"네에~?"

"할아버지가 남기신 재산이 좀 있는데 주려고 왔다고."

놀란 눈으로 어리둥절한 표정을 짓는 천경호.

물론, 그럴 것이다.

우리 일에 휘말려 돌아가신 그분에게 조금은 속죄하고자 내가 꾸민 일이다.

"천경호 학생에게 남겨진 건 대학교 졸업 때까지의 학비와 생활비 정도야. 올해 고3이 되던가?"

"네."

"대학은 갈 생각은 있고?"

"글쎄요. 잘 모르겠어요. 대학을 갈 형편이 아니어서 지금까지 생각해 본 적 없어요."

하긴 등골탑이라고 불리는 대학이니 할아버지가 살아 있다고 해도 갈 수 없었을 것이다.

하지만 조사 결과 천경호는 영재라고 할 정도로 똑똑한 학생이었다.

어쩌면 입학금만 있으면 장학생으로 학교를 졸업했을지도 모른다.

"경호 학생이 원하는 대로 해. 대학에 들어가지 않으면 성년이 되었을 때 찾을 수 있을 테니까."

난 변호사에게 맡길 생각을 하고 있었다.

오늘 이후로 더 이상 신경 쓸 시간이 없을 것이다.

"얼마나…… 되나요?"

"2억."

"……."

금액에 놀라기 보다는 할아버지 생각 때문인지 고개를 숙인 채 아무 말도 없다.

"난 이제 가봐야겠다. 할아버지 일…… 미안하다."

내가 할아버지에게 가지고 있던 마음을 천경호에게 말했다.

분명 막을 수 있는 일이었다.

내가 무른 성격이 아니었다면 세 사람의 목숨을 살릴 수 있었을지도 모른다.

"저……."

"응? 할 말 있니?"

막 대문을 열고 나가려는데 천경호가 말을 걸어온다.

"아저씨가 누나가 말하던 분인가요?"

천경호가 지안을 만난 적이 있었던 건가?

그리고 나에 대해 말을 했던 건가?

"아마도."

난 솔직히 말했다. 천경호는 속인다고 모를 정도로 어린 아이는 아니었다.

"복수를 할 생각인가요?"

"……."

"전…… 저도 알아요. 할아버지가, 그리고 그 누나가 자살할 사람들이 아니라는 걸. 누나가 말했어요. 일이 끝나면 꼭 만날 사람이 있다고."

그랬나?

지안은 나에게 돌아올 생각이었나?

"저도 할아버지 복수를 하고 싶어요. 절대 방해가 되지 않을 거예요. 그러니 저도 끼워주세요."

암천회에게 복수를 할 사람은 나뿐만이 아니었나 보다.

천경호의 눈빛은 아까와 달리 분노를 일렁이고 있었다.

"알았다."

"저, 정말 같이할 수 있는 거예요?"

"끝까지 들어. 복수는 금방 끝나진 않을 거야. 그들은 만만한 상대가 아니거든. 나도 준비를 해야겠지만 그러니 너도 준비를 해야겠지?"

"준비라고요?"

"그래, 나에겐 무력은 있지만 권력이 없어. 그러니 네가 권력이 되어 줬으면 좋겠다."

"그 말은 검사나 정치가와 같은 권력자가 되라는 말인가요?"

영특한 아이답게 금방 알아듣는다.

"네가 준비가 되었다고 생각될 때 널 찾아가마. 복수를 하고 싶다면 먼저 강해져라."

난 그 말을 하고 돌아섰다.

그렇다고 정말 저 아이와 함께할 생각은 없었다.

암천회는 온전히 나의 몫이었다.

◆　◆　◆

지안의 사건을 잘 무마하라고 지시한 인물을 알아냈다.

정치에 대해 아는 사람이라면 '아, 그 사람! 꽤나 유명한 사람이지.' 라고 말할 정도로 거물급 정치인.

정치에 관심도 없었고, 그들이 어떤 비리를 저지른다고 해도 '정치는 돈이 필요하니까.' 라는 말로 넘어갈 수 있다.

물론, 그들의 나쁜 점을 나열하라 한다면 장편소설쯤은 간단히 나올 것이다.

그마저도 용서할 수 있다.

그들도 인간이니까.

하지만 개인적인 생각으로 한 가지만은 용서할 수가 없다.

바로 희망을 잃게 만들었다는 것이다.

힘든 고등학교 생활 뒤 기다리는 건 등골탑.

그 등골탑을 신용 불량자가 되어 졸업하고 기다리는 건 바늘구멍 취업 자리.

취업을 한다고 해도 돈을 모으고, 결혼을 하고, 집을 사고, 아이를 낳는 것조차 계획하고 힘겨워해야 하는 현실.

세상이 각박해지고 흉악 범죄가 기승을 부리는 것도 이것과 무관하지는 않을 것이다.

내일에 대한 희망이 없는 삶을 살도록 만든 것이 정치인들의 가장 큰 잘못이다.

장기군사독재를 한 이를 그리워하고, 광주의 학살을 명령하고 평화의 댐이라는 대국민 사기극을 벌인 이가 집권하던 시절에 '더 살기가 좋았는데.' 라 말하게 만든 이들.

어느새 싸늘해진 바람을 맞으며 대기하다 보니 쓸데없는 생각이 절로 난다.

"의원님 오십니다."

드디어 점핑할 대상자가 왔다.

현재 그의 비서진 중 수석 비서관에게 점핑을 해 있는 상태였다.

타고 있는 이의 양심처럼 시커먼 승용차가 다가온다.

"오셨습니다."

내 앞에 정차한 차의 문을 열면서 난 살짝 고개를 숙이며 공손히 말한다.

뭘 그리 처먹어 나이가 들었음에도 기름기가 좌르르 흐르는 얼굴이 보인다.

순간, 점핑이 망설여진다.

나도 이들과 같은 인간이 되는 건 아닐까라는 두려운 생각.

"피식!"

"뭐가 그리 웃긴 겐가?"

나도 모르게 어이없는 생각을 한 사실에 웃음이 나왔고 그 모습에 의원이 살짝 인상을 쓰며 묻는다.

난 그의 귀에 대고 조용히 속삭였다.

"복수를 시작한다. 암. 천. 회."

말이 끝나자마자 난 점핑을 한다.

팟!

〈4권에서 계속〉

점핑

1판 1쇄 찍음 2012년 5월 10일
1판 1쇄 펴냄 2012년 5월 14일

지은이 | 준 철
펴낸이 | 정 필
펴낸곳 | 도서출판 뿔미디어

편집장 | 이재권
기획 · 편집 | 심재영
편집디자인 | 이진선
관리, 영업 | 김기환, 임순옥

출판등록 | 2002년 9월 11일 (제1081-1-132호)
주소 | 부천시 원미구 상3동 533-3 아트프라자 503호 (우)420-861
전화 | 032)651-6513 / 팩스 032)651-6094
E-mail | BBULMEDIA@paran.com
홈페이지 | www.bbulmedia.com

값 8,000원

ISBN 978-89-6639-682-5 04810
ISBN 978-89-6639-622-1 04810 (세트)